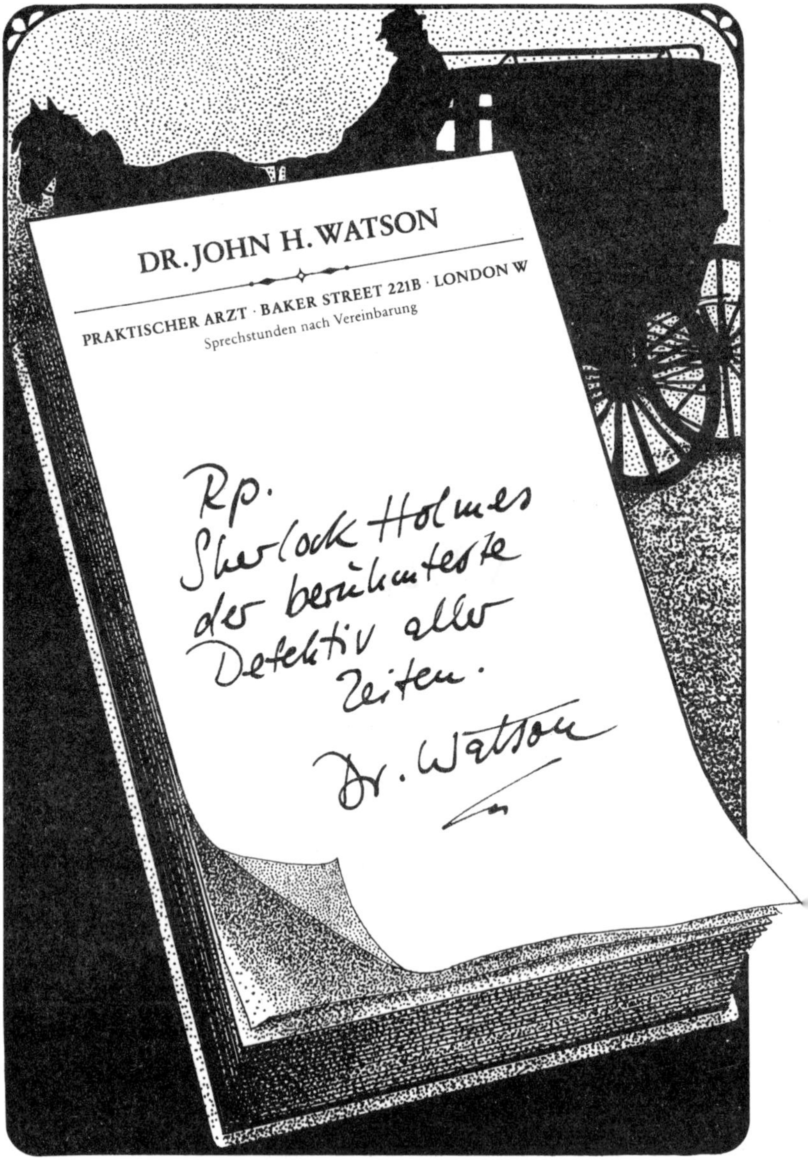
DR. JOHN H. WATSON
PRAKTISCHER ARZT · BAKER STREET 221B · LONDON W
Sprechstunden nach Vereinbarung
Rp.
Sherlock Holmes
der berühmteste
Detektiv aller
Zeiten.
Dr. Watson

Arthur Conan Doyle

Sherlock Holmes

Der Hund von Baskerville

Nach dem englischen Original neu erzählt
von W. K. Weidert

Franckh'sche Verlagshandlung
Stuttgart

Nach dem englischen Original neu erzählt von W. K. Weidert
Titel der englischen Ausgabe: »The Hound of Baskerville«

Schutzumschlag von Aiga Rasch

CIP-Kurztitelaufnahme der Deutschen Bibliothek

Doyle, Arthur Conan:
Sherlock Holmes, der Hund von Baskerville / Arthur Conan Doyle. Nach d. engl. Orig. neu erzählt von W. K. Weidert. – 3. Aufl. – Stuttgart : Franckh, 1984.
Einheitssacht.: The hound of Baskerville ⟨dt.⟩
ISBN 3-440-05362-8
NE: Weidert, Werner K. [Bearb.]

3. Auflage / 24.–31. Tausend
Franckh'sche Verlagshandlung, W. Keller & Co., Stuttgart / 1984

ISBN 3-440-05362-8 / L 9sl H ha
Printed in Czechoslovakia / Imprimé en Tchécoslovaquie
Satz: Bauer & Bökeler Filmsatz GmbH, Denkendorf
Gesamtherstellung durch Artia, Prag

Sherlock Holmes
Der Hund von Baskerville

Zwei wichtige Herren stellen sich vor

Baker Street 221b ist eine Adresse, die man in ganz London – nein überall in England – ach was, in ganz Europa kennt. Warum? Nein! Nicht weil von hier aus England regiert wird. Das passiert in der Downing Street. In der Baker Street wird nicht über das Schicksal von Völkern entschieden. Aber über das Schicksal von Menschen! Hier wohnt Sherlock Holmes, der berühmte Detektiv.

Seine Hilfe suchen und finden viele. Er gewährt sie gern, denn es reizt ihn, seinen scharfen Verstand gegen das Verbrechen in jeder Form einzusetzen, gleich ob es sich um Diebstahl, Erpressung, Mord, Entführung oder anderes handelt, was sich Verbrecher zum Schaden ihrer Mitmenschen ausdenken. Und je intelligenter der Verbrecher, desto eifriger ist Holmes bei der Sache. Es sind die schwierigen Aufgaben, die ihn besonders reizen. Die Natur und eigener Fleiß haben ihn dafür mit besonderen Talenten ausgestattet: messerscharfem, analytischem Verstand, ausgezeichnetem Gedächtnis, außergewöhnlicher Beobachtungsgabe, feinstem Einfühlungsvermögen, Kombinationsfähigkeit, Liebe zum Detail, Zähigkeit, Mut und Kaltblütigkeit, Verschwiegenheit, ausgezeichneten Kenntnissen in Chemie und anderen praktischen Naturwissenschaften.

Sherlock Holmes liebt die Musik, spielt selbst Violine, ist ein unermüdlicher Arbeiter, kann aber auch ganze Tage mit Nichtstun verbringen. Er macht nicht viel Wesens von seinen Erfolgen und sagt immer: »Ich vollbringe keine Wunder, ich denke nach!« Wäre da nicht Dr. John H. Watson, der auf Grund einer Kriegsverletzung frühzeitig pensionierte Militärarzt, wir wüßten wohl nur das wenige, was damals die Zeitungen über den Fall Baskerville berichteten. So aber hat Dr. Watson getreulich alles, was er an der Seite seines Freundes erlebte, aufgeschrieben.

Die beiden wohnen übrigens auch zusammen, in der Baker Street 221 b. Das geht gut, denn ihre Temperamente ergänzen sich. Getroffen haben sie sich zufällig – bei der Wohnungssuche. Aus der Wohngemeinschaft ist inzwischen eine echte und tiefe Freundschaft geworden. Sherlock Holmes und Dr. Watson können sich aufeinander verlassen.

Dr. Watson berichtet die folgenden Ereignisse gestützt auf Tagebuchnotizen, Briefe, die er an Holmes schrieb, und sein Gedächtnis. Er hat sich bemüht, kein wichtiges Detail wegzulassen und einen vollständigen Bericht von jenen erstaunlichen Ereignissen im Moor zu geben.

Ein Stock erzählt

Sherlock Holmes saß am Tisch und frühstückte – ausnahmsweise früh. Sonst schlief er viel länger, es sei denn, er hatte die ganze Nacht durchgearbeitet. Ich stand vor dem Kamin, an den unser Besucher von gestern abend seinen Stock gelehnt und dann vergessen hatte. Nachdenklich drehte ich ihn in der Hand. Es war ein prächtiges Stück Holz, kräftig und mit einem runden Knauf am Ende. Unmittelbar darunter saß ein Stocknagel. Darauf stand: »James Mortimer, M.R.C.S., von seinen Freunden vom C. C. H., 1884.« Es war genau die Art von Stock, die altmodische Hausärzte bevorzugen: vornehm, solid und zuverlässig.

»Nun, Watson, was meinen Sie dazu?«

Holmes saß mit dem Rücken zu mir, und nichts konnte ihm verraten haben, womit ich gerade beschäftigt war.

»Haben Sie Augen im Hinterkopf?«

»Das nicht gerade, aber eine silberne Kaffeekanne vor mir.«

Holmes lächelte. »Was verrät Ihnen nun der Stock über unseren unbekannten Besucher, der uns nicht angetroffen hat?«

»James Mortimer«, überlegte ich laut und versuchte dabei ganz nach der Methode meines Freundes vorzugehen, »ist ein älterer Arzt mit einer gutgehenden Praxis. Die Widmung auf dem Stocknagel spricht dafür, daß er viele gute Freunde hat, schließlich bekommt man ja nicht jeden Tag so ein persönliches, liebevoll ausgesuchtes Geschenk.«

»Sehr gut«, sagte Holmes. »Und weiter?«

»Er ist viel unterwegs, praktiziert wohl auf dem Lande.«

»Warum?«
»Nun, ich kann mir kaum vorstellen, daß ein Arzt in der Stadt viel Gelegenheit hat, seinen Stock so zu strapazieren, wie es hier mit diesem geschehen ist. Schauen Sie sich doch nur die Zwinge an. Sie ist dermaßen abgenutzt – der Stock muß einfach unseren Mann auf vielen Fußmärschen begleitet haben.«
»Nicht schlecht beobachtet«, nickte Holmes anerkennend.
»Und die ›Freunde vom C. C. H.‹«, fuhr ich fort, »das könnten die Mitglieder eines – Gesangvereins sein. Ja, möglicherweise handelt es sich um den Gesangverein des Ortes, wo er wohnt. C. könnte für den Namen des Ortes stehen, das zweite C. für Club und das H. für Harmonie. Ich bin sicher, entweder ist Mortimer selbst Mitglied oder aber er hat sich irgendwelche Verdienste um diesen Club erworben. Warum nicht beispielsweise als Arzt? Und als Dank dafür bekam er dann den Stock geschenkt.«
»Alle Achtung, Watson, Sie übertreffen sich selbst!«
Holmes zündete seine Pfeife an, schob den Stuhl zurück und trat zu mir an den Kamin.
»Ich muß schon sagen, in Ihren Berichten von meinen Fällen kommt Ihre Rolle viel zu kurz. Nicht daß Sie es sind, der die Fälle löst. Aber Sie sind aktiv an der Lösung beteiligt, denn Sie regen mich zum Denken an. Und das ist ein Freundschaftsdienst, für den ich Ihnen nicht dankbar genug sein kann.«
Soviel Anerkennung von Holmes war etwas ganz Besonderes, und ich muß gestehen, daß ich recht stolz war. Wie oft schon hatte ich mich über ihn geärgert, weil er so völlig unempfänglich für jegliche Bewunderung war und allen meinen Versuchen, die Öffentlichkeit zur Anerkennung seiner Leistungen zu bringen, mehr als gleichgültig gegenüberstand. Stolz machte mich auch, daß ich mir seine Methoden inzwischen so weit angeeignet hatte, um seinen Beifall zu finden.
»Kann ich den Stock mal haben?«
Holmes nahm ihn mir aus der Hand und trat damit ans Fenster. Er musterte ihn gründlich. Etwas schien seine besondere Aufmerksamkeit zu erregen, denn er legte die Pfeife weg und griff nach der Lupe.

»Interessant, interessant, aber auch wieder ganz einfach. Es gibt da tatsächlich einiges, was auf den Besitzer schließen läßt.«
»Habe ich etwas übersehen? Bestimmt nicht«, meinte ich mit einigem Nachdruck.
»Hm – lieber Watson, ich fürchte doch. Ihre Folgerungen waren nämlich weitgehend falsch. Und wenn ich vorhin davon sprach, daß Sie mir bei der Lösung der Kriminalfälle helfen, meinte ich damit nur, um ganz offen zu sein, daß es Ihre Fehlschlüsse sind, die mich auf die richtige Spur bringen. – So ganz auf dem Holzweg sind Sie allerdings nicht. Mortimer ist ein Landarzt und auch viel zu Fuß unterwegs.«
»Aber, das habe ich doch gesagt!«
»Freilich, freilich.«
»Und mehr war einfach nicht festzustellen!«
»Doch, mein lieber Watson. Nehmen wir nur die Widmung. Muß man nicht annehmen, daß ein Doktor« – er betonte ›Doktor‹ – »eher mit Kollegen befreundet ist als mit den Mitgliedern eines Dorfgesangvereins? Und wo hat ein Arzt viele Kollegen? Beispielsweise in einem Krankenhaus. Ja, das H. könnte doch auch Hospital heißen, und dann ergibt das C. C. in der Auflösung automatisch Charing-Cross. Sie kennen doch das Charing-Cross-Hospital?«
»Aber sicher!«
»Unterstellen wir einmal, daß meine Auslegung stimmt und rekapitulieren: Da ist ein Arzt, der auf dem Land lebt oder besser praktiziert. Er hatte einmal mit dem Charing-Cross-Hospital zu tun, zumindest gibt es da ein Geschenk, das unser Arzt von seinen Freunden vom C.C.H. erhielt. Nun, Watson, was kann man daraus weiter folgern?«
»Mortimer zog vielleicht aus der Stadt aufs Land?«
»Ach, Watson, ist das alles, was Ihnen dazu einfällt? Versuchen Sie doch einmal etwas weiterzudenken. Ein Mediziner wie Sie sollte schon ein bißchen mehr Detektiv spielen können. Der Stock beweist ihn sogar, den ›Umzug‹. Es gibt schließlich nicht viele Gelegenheiten, wo man einem Arzt ein so schönes und persönliches Geschenk macht. Und eine davon ist der Ab-

schied, wenn er das Krankenhaus verläßt, um eine eigene Praxis zu eröffnen.
Also muß unser Freund am C.C.H. beschäftigt gewesen sein. Und der Stock sagt uns sogar als was, nämlich als – sagen wir – als Assistenzarzt. Oder können Sie sich vorstellen, daß ein Chefarzt seine gutbezahlte Stellung am Krankenhaus mit einer ärmlichen Praxis auf dem platten Lande vertauscht? Mortimer muß also den niederen Rängen angehört haben, als er vor fünf Jahren, siehe das Datum auf dem Stock, den Krankenhausdienst quittierte. So ein Stock paßt ja auch zu einem Assistenzarzt und künftigen Landdoktor viel besser als zum Chef!
Ja, mein lieber Watson, so löst sich also ihr älterer Landarzt in Luft auf. Und zum Vorschein kommt ein junger Mann, vielleicht Mitte dreißig, sympathisch, nicht sehr ehrgeizig, etwas zerstreut und – Herr eines Hundes, größer als ein Dackel, aber doch kleiner als eine Dogge.«
Ich lachte ungläubig, während sich Sherlock Holmes befriedigt auf dem Sofa niederließ, erneut die Pfeife anzündete und genüßlich Rauchringe in die Luft blies.
»Die Sache mit dem Hund kann ich nicht nachprüfen, aber wir werden gleich sehen, was von Ihren anderen Behauptungen stimmt.«
Damit ging ich zum Bücherschrank, nahm den Medizinkalender heraus und schlug das Verzeichnis der niedergelassenen Ärzte auf. Unter den Mortimers war tatsächlich einer, auf den paßte, was Holmes gesagt hatte. Ich las laut vor:
»Mortimer, James, Doktor. Examen 1882; bis 1884 Assistent am Charing-Cross-Hospital. Gewann mit seiner Arbeit ›Ist Krankheit ein Atavismus?‹ den Jackson-Preis für vergleichende Pathologie. Korrespondierendes Mitglied der Schwedischen Pathologischen Gesellschaft. Veröffentlichungen: ›Bemerkungen zum Atavismus‹ (Lancet, 1882) und ›Entwickeln wir uns weiter?‹ (Journal of Psychology, März 1883). Landpraxis und Amtsarzt für Grimpen, Thorsley und High Barrow in Dartmoor, Devonshire.«
»Nun, wo bleibt Ihr Musikverein Harmonie?« fragte Holmes spöttisch. »Ein Landarzt allerdings ist Mortimer, das haben Sie

sehr scharfsinnig festgestellt. Den Rest aber habe ich beigesteuert. Wenn ich Mortimer als sympathisch bezeichnete, so dann, weil man einer Ekelmaus nichts schenkt, sondern froh ist, wenn sie geht. Und zu den Schafen aufs Land geht nur einer, dessen Ehrgeiz unterentwickelt ist. Die Zerstreutheit aber bewies unser Freund schlagend, indem er statt der Visitenkarte seinen Stock bei uns ließ.«

»Aber wie kommen Sie auf den Hund?« wandte ich ein.

»Auch den hat mir der Stock ins Ohr geflüstert.« Holmes stand auf und nahm ihn nochmals in die Hand. »Wenn Sie genau hinschauen, sehen Sie in der Mitte deutlich Bißspuren. Wer aber nimmt einen Stock ins Maul? Doch wohl nur ein Hund. Die Kerben, die die Zähne hinterließen, liegen weit auseinander. Also kann es kein Dackel sein, der den Stock trägt. Für einen großen Hund aber liegen sie wieder zu dicht beisammen. – Tatsächlich, es ist ein brauner Spaniel!«

Also, das ging mir entschieden zu weit. Holmes – er hatte sich halb dem Fenster zugewandt – sollte bloß nicht glauben, daß er mich auf den Arm nehmen konnte.

»Warum nicht ein schwarzer – mit blauen Augen?«

Das war mir etwas heftiger herausgerutscht, als ich wollte.

Aber Sherlock Holmes entgegnete seelenruhig: »Weil ein brauner Spaniel samt Herr gerade auf unser Haus zusteuert. Gleich klingelt es.«

Prompt klingelte es, und man hörte Schritte die Treppe hochkommen.

»Nein, Watson, bleiben Sie nur. Wer weiß schon, was einen Arzt vom Lande zu Sherlock Holmes, dem Spezialisten für Verbrechensaufklärung, führt? Mag er Gutes bringen oder Böses, der Chronist meiner Fälle sollte von Anfang an dabei sein. – Herein!«

Der Besucher war eine Überraschung für mich, hatte ich doch einen mittelgroßen, etwas rundlichen und gutmütigen Mann erwartet. Zur Tür herein aber schob sich mit leicht hängenden Schultern und wie suchend vorgestrecktem Kopf eine Bohnenstange, behängt mit einem teuren, aber nicht gerade modisch geschnittenen Anzug. Ellbogen und Kanten des Jacketts glänzten, und die Hosen schienen schon ein bißchen ausgefranst. Aus dem jungen, freundlichen Gesicht ragte eine große Nase, gebogen wie ein Schnabel. Darauf ritt eine goldgerandete Brille, hinter der wache graue, dicht beieinanderliegende Augen funkelten. Sofort hatte er den Stock erspäht, den Holmes noch in der Hand hielt, und schoß darauf los.

»Hier also habe ich ihn liegenlassen. Hätte mich ja doch ganz schön geärgert, wenn ich ihn nicht wiedergekriegt hätte!«

»Gewiß ein Geschenk«, bemerkte Holmes.

»Ja.«

»Vom Charing-Cross-Hospital.«

»Von den Kollegen zu meiner Hochzeit.«

»Das ist zu ärgerlich!« Holmes biß sich auf die Lippen. Der Besucher aber blickte ihn erstaunt an.

»Wieso ärgerlich? Wie meinen Sie das?«

»Entschuldigen Sie, wir hatten den Stock für ein Abschiedsgeschenk gehalten. Es ärgert mich, daß ich danebengetippt hatte.«

»Haben Sie gar nicht. Den Stock bekam ich nämlich zur Hochzeit und zugleich zum Abschied. Beides, meine Hochzeit und mein Weggang vom Krankenhaus, fielen nämlich zusammen. Ich habe geheiratet, bevor ich die Landpraxis übernahm. Da draußen im Moor haust sich's besser zu zweit, besonders wenn man jung aus der Stadt kommt und das Landleben nicht gewöhnt ist.«

»Also hatte ich doch recht.«

Die Befriedigung in Holmes' Stimme war unüberhörbar.

»Aber was, Doktor . . .«

»James Mortimer, wenn Sie gestatten.« Er verbeugte sich. »Und ich habe die Ehre mit Mr. Sherlock Holmes?«

»Gewiß doch.« Holmes nickte. Und mit einer Handbewegung zu mir: »Dies ist Dr. John H. Watson, mein Freund, Chronist und langjähriger Begleiter.«

»Freut mich sehr, Sie kennenzulernen, Dr. Watson. Wo Mr. Holmes ist, kann Dr. Watson nicht weit sein, das hat sich inzwischen herumgesprochen!«

Holmes lud unseren Besucher ein, Platz zu nehmen. Mit einem

Blick auf seine gelblich verfärbten Finger sagte er: »Sie dürfen gerne rauchen«, worauf Mortimer sofort Tabak und Zigarettenpapier aus der Jackettasche fischte und sich mit geübten Bewegungen eine Zigarette rollte. Seine langen dünnen Finger und die schnellen, zuckenden Bewegungen erinnerten mich dabei lebhaft an eine Spinne, die ihre Beute einwickelt.

»Was führt Sie zu uns?«

»Sehen Sie, Mr. Sherlock Holmes, ich bin ein Mann der Wissenschaft, nüchtern, wie ich meine, und ganz der Praxis zugewandt. Für Übersinnliches bleibt da kein Raum. Und doch sehe ich mich unfreiwillig in Ereignisse verstrickt, die sich rational nicht erklären lassen. So rätselhaft und unerklärlich, so ganz jenseits menschlichen Begriffsvermögens sind sie, daß ich an meinem Verstand zweifeln möchte. So bleibt mir nur die Hoffnung, daß es Ihrem Genie, Mr. Holmes, gelingt, Licht in diesen geheimnisvollen Fall zu bringen.«

Der Fluch von Baskerville

Als das Wort ›Fall‹ fiel, spitzte Sherlock Holmes sichtlich die Ohren.

»Das klingt ja recht geheimnisvoll. Aber, Dr. Mortimer, kommen Sie doch zur Sache. Worum geht es denn nun eigentlich?«

»Das ist eine lange Geschichte.«

Mit diesen Worten zog Dr. Mortimer einige stockfleckige, eng beschriebene Bogen Papier aus der Jackettasche.

»Ah, ein altes Manuskript«, rief Sherlock Holmes. – »Es muß aus der Mitte des 18. Jahrhunderts stammen, falls es nicht eine Fälschung ist.«

»Woher wissen Sie . . .?«

»Als Sie das Zimmer betraten, ragte das Manuskript ein Stückchen aus Ihrer Tasche. Ich hatte also genügend Zeit, Schriftbild und Schriftduktus zu studieren. Und ich wäre ein schlechter Detektiv, wüßte ich Derartiges nicht in die rechte Zeit einzuordnen. Kennen Sie vielleicht meine Abhandlung darüber, wie man die Entstehungszeit handschriftlicher Dokumente feststellt? Lassen Sie mich noch einmal einen Blick auf Ihre Papiere werfen. Ja, sie gehören ohne Zweifel in das 4. Jahrzehnt des 18. Jahrhunderts.«

»Fantastisch, datiert sind sie mit 1742.«

Mortimer entfaltete die Blätter ganz und fuhr fort.

»Anvertraut hat mir dieses Manuskript Sir Charles Baskerville, dessen plötzlicher und tragischer Tod vor gut drei Monaten in Devonshire viel Aufsehen erregte. Ich war nicht nur sein Arzt, sondern auch, wie ich mich wohl rühmen darf, sein Freund

und habe ihn immer als weltoffenen, klugen und nüchternen Mann geschätzt. Um so verwunderlicher, daß er diese Geschichte«, dabei klopfte Mortimer auf die Papiere, »so sehr ernst nahm, und noch verwunderlicher, daß sie mit seinem Tod zu tun zu haben scheint.«

Ich war interessiert näher getreten und schaute ihm über die Schulter. Oben auf dem ersten Blatt stand ›Schloß Baskerville‹ und darunter ›1742‹. Die steile Handschrift auf dem vergilbten Papier war ausgeblichen, verschwand an den stockfleckigen Stellen fast ganz. Das konnte keine Fälschung sein.

»Sieht aus wie ein Brief«, bemerkte ich.

»Ja, es ist eine alte Familiensage.«

»Ich denke, es geht um eine ganz aktuelle Geschichte, in der Sie meinen Rat und meine Hilfe haben wollen? Oder habe ich Sie falsch verstanden?« unterbrach ihn Sherlock Holmes.

»Die Sage ist aktueller, als Sie denken. Sie könnte nämlich einem Menschen das Leben kosten. Aber um das zu verstehen, müssen Sie sich die Geschichte anhören. Darf ich sie Ihnen vorlesen?«

Holmes lehnte sich auf dem Sofa zurück und verschränkte die Arme. Hatte ich einen leisen Seufzer gehört?

»Na, dann schießen Sie mal los, Dr. Mortimer«, sagte er etwas gequält.

Mortimer rückte den Stuhl so zurecht, daß das Licht voll auf das Manuskript fiel, und begann dann laut und etwas gequetscht – war er aufgeregt? – zu lesen. Ich gebe hier nicht den originalen Wortlaut wieder, dazu war die Sprache zu geschraubt, und die Ausdrucksweise wäre für uns heute nicht mehr so recht verständlich.

»Es gibt viele Geschichten über den Hund von Baskerville, jene teuflische Bestie, die unser Geschlecht verfolgt. Aber nur ich, der ich in gerader Linie von Sir Hugo Baskerville abstamme, weiß, wer ihn aus der Hölle heraufgerufen hat. Dieses Wissen ist stets als tiefes Geheimnis in unserer Familie bewahrt und vom Vater zum Sohn weitergegeben worden. So habe ich keinen Grund, an dem zu zweifeln, was mein Vater mir erzählt hat und was ich jetzt erzähle. Gott strafte, das möget ihr, meine Söhne, mir glauben, eine schwere Sünde. Er wird sie aber auch vergeben, wenn es ihm gefällt. An uns ist es, zu beten und Buße zu tun, auf daß ein schwerer Fluch von unserem Geschlecht genommen werde. Hüten wir uns vor jenen Leidenschaften, unter denen die männlichen Mitglieder unseres Geschlechts gelitten haben und immer wieder leiden und die Hugo Baskerville ins Verderben stürzten.

Zu Zeiten der großen Revolution – der Schreiber meinte offensichtlich die Zeit Cromwells –, deren von Lord Clarendon aufgezeichnete Geschichte ich eurem angelegentlichen Studium empfehle, war Hugo Herr auf Schloß Baskerville, ein rauher Geselle, ganz in unser geliebtes Dartmoor passend, wo Heilige nie so recht haben gedeihen wollen. Aber er leugnete Gott, und zu seiner Wildheit gesellte sich ein grausamer Humor, der ihn weitum gefürchtet machte.

Eines Tages begegnete Hugo der schönen Tochter eines Bauern und entbrannte in wilder Leidenschaft zu dem unschuldigen, reinen Wesen, das die Gefühle des Unholds nicht zu erwidern vermochte. Doch er verfolgte sie unentwegt, und ihre Zurückhaltung entfachte sein sündiges Begehren nur noch mehr. Schließlich faßte er einen verruchten Plan. Am Michaelistag, als die Jungfrau allein war, Vater und Brüder waren zum Markt gegangen, drangen Hugo Baskerville und seine Gesellen gewaltsam ins Haus und entführten die junge Maid. Sie schleppten sie, ungeachtet ihres Flehens und Bittens, auf Schloß Baskerville, wo Hugo sie in eine Kammer sperrte, um sie seinen Wünschen gefügig zu machen. Während die Jungfrau sich die Augen rot weinte und vergeblich nach dem Vater und den Brüdern rief, floß unten in der großen Halle der Wein in Strömen, scholl wüstes Grölen und schauriges Fluchen bis hinauf in die stille Kammer.

Da überkam das tugendsame Mädchen solche Furcht, daß sie lieber den Tod erleiden mochte, als sich diesem Unhold anheimzugeben. Sie schwang sich aufs Fensterbrett, unter dem tief der Burggraben gähnte, ein Anblick, der manchen braven Mann wohl hätte schaudern machen. Doch kühn griff die Jungfrau nach den Ranken des Efeus, der die Mauer verhüllte

und auch heute noch verhüllt, und begann mit Gottvertrauen ihren gefahrvollen Abstieg. Da Gott die Unschuldigen schützt, erreichte sie glücklich den festen Boden und eilte, so schnell sie konnte, durchs Moor dem Hause ihres Vaters zu.
Als aber Hugo Baskerville bemerkte, daß ihm das schöne Vögelchen, das er sicher im Käfig geglaubt, wieder entflogen war, packte ihn unmäßiger, wilder Zorn. Wie rasend stürzte er die Treppe hinab und verlangte nach seinem Pferd, um die entflohene Beute wieder einzufangen. Er schwor in seiner wilden Wut, daß er lieber Leib und Seele dem Teufel anheimgeben wolle, als auf die Jungfrau verzichten.
Bei diesen Worten wehte ein eiseskalter Grabeshauch durch die Halle und ließ seine Gesellen verstummen. Hugo Baskerville aber schwang sich aufs Pferd, befahl die Hunde loszumachen und jagte hinter der kläffenden Meute auf der Spur des Mädchens ins Moor.
Während das Gebell in der Ferne verklang, überkam seine Gesellen eine Ahnung, daß etwas Schreckliches geschehen könnte. Noch riefen die einen nach neuem Wein, da verlangten die anderen schon nach ihren Waffen und Pferden. Schließlich kamen sie allesamt so weit zur Besinnung, daß sie sich, dreizehn waren es, auf den Weg machten, um Hugo Baskerville vom Schlimmsten abzuhalten. Kaum hatten sie in höchster Eile das Moor erreicht, das ein großer, runder Mond sanft überglänzte, als ihnen ein Schäfer mit seiner Herde den Weg versperrte. Sie zügelten die Pferde und fragten, ob er einen Reiter und Hunde gesehen habe. Der Schäfer aber stand lange da wie starr und schien sie gar nicht zu bemerken. Schließlich bekreuzigte er sich und sprach, er habe ein Mädchen vorübereilen sehen, wenig später gefolgt von einem wilden Jäger auf einem schwarzen Pferd, umringt von einer Meute wilder Hunde. Dann aber, und wieder bekreuzigte er sich, sei den Weg eine riesige, feurige Bestie mit lang heraushängender Zunge entlanggehetzt, ein so greuliches Ungetüm, wie er ihm nie wieder in seinem Leben begegnen wolle.
Die Herren lachten nur ungläubig, stießen ihn beiseite und ritten weiter, mitten durch die blökenden Schafe. Bald jedoch

verging ihnen das Lachen, denn mit dumpfem Hufschlag kam ihnen Hugo Baskervilles schwarze Stute entgegen, wild schnaubend, schaumbedeckt und mit schreckgeweiteten Augen, die Zügel schleifend und der Sattel leer. Da wäre gar mancher der Gesellen gern umgekehrt, hätte er sich nicht vor dem Spott der anderen gefürchtet. Langsam ritten sie weiter und gelangten schließlich zu der Stelle, wo der Weg durch eine tiefe Schlucht führt. Hier am Eingang der Schlucht trafen sie auf die völlig verstörten Hunde, die sie winselnd mit gesträubten Haaren umdrängten und weder durch Worte noch durch Hiebe in die Schlucht hineinzutreiben waren. Nun sank auch den wildesten der Gesellen der Mut. Nur drei wagten sich schließlich weiter bis zu den beiden großen Steinen, aufgerichtet von den Druiden heidnischer Zeiten. Und dort lag, im hellen Mondlicht deutlich zu sehen, entseelt das Mädchen. Noch während die drei das wie schlafend daliegende Mädchen betrachteten, ließ sie ein schauriges Heulen herumfahren. Das Bild, das sich ihren entsetzten Blicken bot, sollten sie ihr Lebtag nicht mehr vergessen: Über Hugo Baskerville, der ausgestreckt mit aufgerissener Kehle auf dem Boden lag, stand mit gespreizten Beinen, geifernd und zähnefletschend ein riesiger von Flammen umzüngelter Hund, eine Bestie, wie sie kein Sterblicher je gesehen hatte.

Da rissen die drei die Pferde herum und ritten so schnell sie konnten betend und fluchend zurück übers Moor. Einer starb noch in der gleichen Nacht. Die beiden anderen waren für den Rest ihres Lebens gezeichnet.

So also, meine Söhne, kam jene teuflische Bestie über unser Geschlecht, das sie seitdem in seinen verderbten und faulen Gliedern unbarmherzig verfolgt. Möge über euch Gottes Vorsehung walten und euch vor einem Ende bewahren, wie es Hugo Baskerville widerfuhr. Folgt aber ihr stets Gottes Geboten, das rät euch euer liebender Vater, Hugo, der zweite dieses Namens.«

Dr. Mortimer ließ die Blätter sinken, hob den Kopf, nahm die Brille ab und sah Sherlock Holmes erwartungsvoll an. Der gähnte, sog an seiner Pfeife und sagte schließlich:

»Ja und . . .?«
Darauf Dr. Mortimer:
»Eine schreckliche Geschichte!«
»Eine Spinnstubengeschichte für abergläubische Bauern.«
»Meinen Sie?« fuhr Dr. Mortimer auf. »Dann hören Sie sich mal diesen Artikel aus dem ›Devon County Chronicle‹ an. Wohlbemerkt, aus der Ausgabe vom 14. Juni dieses Jahres!« Er betonte ›dieses‹!
Holmes beugte sich vor, er witterte anscheinend jetzt doch etwas für ihn Interessantes.
Dr. Mortimer räusperte sich, schob die Brille wieder auf die Nase:
»Ach, verzeihen Sie, könnte ich ein Glas Wasser haben, mir ist die Kehle so trocken vom vielen Sprechen.«
Ich eilte und brachte das Verlangte. Und nachdem er getrunken hatte, konnte er endlich seine nächste ›Vorlesung‹ beginnen: »Allgemeine Bestürzung hat der plötzliche Tod von Sir Charles Baskerville, aussichtsreicher Kandidat der Liberalen für die bevorstehende Unterhauswahl, ausgelöst. Obwohl erst zwei Jahre auf dem Stammsitz der Familie lebend, wohin er sich zur Schonung seiner angegriffenen Gesundheit zurückgezogen hatte, war er in dieser kurzen Zeit durch sein entgegenkommendes Wesen und seine Offenheit gegenüber den Anliegen der Gemeinde allseits beliebt und hochgeachtet. Mehr als einmal konnten wir über großzügige Stiftungen aus der Hand dieses Mannes berichten, der sein Vermögen durch glückliche Spekulationen in Südafrika erworben und es dann mit großem Geschick und kaufmännischer Klugheit hier im Lande vermehrt hat. Es war diesem Sproß einer der ältesten, nicht immer vom Glück gesegneten Familie in unserer Grafschaft nicht vergönnt, sein Lebenswerk zu Ende zu führen. Nicht nur wir fragen uns, ob die Impulse für die wirtschaftliche Entwicklung, die ihm zu verdanken sind, fortgeführt werden können. War es doch die erklärte Absicht des Kinderlosen gewesen, daß sein Wohlstand seiner Heimat zugute kommen möge.
Es gibt einige Rätsel um den Tod des hochherzigen Mannes, die auch die gerichtliche Untersuchung nicht hat klären kön-

nen. Entschieden aber muß Gerüchten entgegengetreten werden, daß Sir Charles einem Verbrechen zum Opfer gefallen sei. Es gibt weder Indizien dafür noch für das angebliche Walten übernatürlicher Kräfte, wie törichtes und abergläubisches Geschwätz wissen will. Sir Charles, Witwer und in mancher Hinsicht etwas exzentrisch, lebte ungeachtet seines Reichtums einfach und bescheiden. Seine Dienerschaft beschränkte sich auf Kutscher Perkins und das Ehepaar Barrymore. Nach ihrer Aussage mußte sich Sir Charles, weil er ein schwaches Herz hatte, weitgehend vor körperlichen Anstrengungen hüten. Dr. Mortimer, Freund und Hausarzt des Verstorbenen, bestätigte uns das: Die Herzkrankheit habe sich bei Sir Charles zwar in gelegentlichen Anfällen von Bluthochdruck und Atemnot geäußert, auch seien gelegentlich depressive Phasen aufgetreten, doch sei keinerlei Anlaß zu ernsthafter Besorgnis gewesen.

Zu Sir Charles' Angewohnheiten gehörte allabendlich ein Gang durch die berühmte Eibenallee von Schloß Baskerville, wobei er eine Zigarre zu rauchen pflegte. Am Vorabend des 4. Juni hatte er Barrymore beauftragt, seine Koffer für die am folgenden Tag geplante Reise nach London zu packen. Am späten Abend sah ihn der Diener noch zum üblichen Spaziergang das Haus verlassen. Als Barrymore dann um zwölf Uhr noch einmal die Runde machte, stand die Haustür offen, und Sir Charles war nicht in seinem Zimmer. Barrymore machte sich, bewaffnet mit einer Laterne, auf die Suche und fand schließlich Sir Charles tot am äußersten Ende der Eibenallee. Den Fußspuren nach, sie waren im regenfeuchten Boden gut zu verfolgen, muß Sir Charles eine ganze Zeit lang an der Pforte gestanden haben, die etwa in der Mitte der Allee aufs Moor führt. Noch ungeklärt ist, warum er von der Pforte an offenbar in höchster Eile zum Ende der Allee weiterlief, wo man ihn dann tot fand.

Zeichen von Gewaltanwendung waren an der Leiche nicht zu entdecken. Das Gesicht allerdings war in höchstem Entsetzen so verzerrt, daß, wie Dr. Mortimer meint, ein flüchtiger Bekannter Sir Charles wohl würde kaum erkannt haben. Doch ist dies nichts Ungewöhnliches für den Herztod. Die gerichtsme-

dizinische Untersuchung hat bestätigt, daß Sir Charles an einer Herzkrankheit in fortgeschrittenem Stadium litt.
Auch die Vernehmung eines Zeugen, eines Zigeuners, der sich zur fraglichen Zeit in der Nähe des Schlosses aufgehalten hatte, brachte keine neuen Ergebnisse. Dieser behauptete zwar, mehrere Schreie gehört zu haben, mußte aber auf eindringliches Befragen des Richters zugeben, daß er in jener Nacht nicht ganz nüchtern gewesen war.
So konnte der Spruch der Geschworenen bei der Leichenschau nur lauten: ›Natürlicher Tod durch Herzversagen.‹
Damit ist, so hoffen wir, allen anderslautenden Gerüchten der Boden entzogen und sollte auch nicht Sir Charles' Erben daran hindern, sich auf Schloß Baskerville niederzulassen und das Werk des großen Gönners und Wohltäters unserer Region fortzusetzen.
Wie wir erfahren, soll der nächste Verwandte, ein Neffe, in Amerika leben. Nachforschungen nach seinem Aufenthaltsort sind eingeleitet.«
Dr. Mortimer legte die Zeitung demonstrativ ausgebreitet auf den Tisch:
»Soweit also die Tatsachen, wie sie der Öffentlichkeit bekannt sind.«
»Ach, ja, ich erinnere mich«, sagte Sherlock Holmes. »Das war doch damals, als ich mich um die Wiederbeschaffung der Kameen bemühte, die man dem Papst aus der Schatzkammer gestohlen hatte. Sie hat einige interessante Aspekte, Ihre Geschichte, aber gibt es denn noch Umstände bei Sir Charles' Tod, die nicht allgemein bekannt sind?«
»Allerdings, einige!«
Dr. Mortimer schien recht erregt.
»Und ich will Sie Ihnen auch nennen, obwohl ich bisher sonst keinem Menschen ein Sterbenswörtchen davon verraten habe. Schon allein um nicht erneut Unruhe beim abergläubischen Volk aufkommen zu lassen. Und den Geschworenen konnten Vermutungen schon gar nichts nützen. Ihr berühmt scharfer und kritischer Verstand aber, Mr. Sherlock Holmes, wird sicher zu erklären wissen, was mir ein Rätsel blieb. Ich wüßte

sonst keinen, der mehr fähig wäre, Licht in das Dunkel um Sir Charles' Tod zu bringen.«

Nach dieser langen Vorrede, die Sherlock Homes mit sichtlichem Wohlgefallen aufnahm, fuhr er fort:

»Im Moor wohnt kaum jemand. So halten die wenigen Nachbarn um so mehr zusammen. Für mich ist dort draußen die Situation noch schwieriger, denn außer Mr. Frankland und Mr. Stapleton, Entomologe und enthusiastischer Naturfreund, habe ich keine Gesprächspartner von höherem geistigen Niveau. Es war so nur natürlich, daß ich mich enger an Sir Charles anschloß. Zusammengeführt hat uns seine Krankheit, und aus dem Verhältnis Patient – Arzt wurde im Lauf der Zeit fast schon Freundschaft. Das um so mehr, als Sir Charles, der sehr zurückgezogen lebte, viele meiner und ich viele seiner Interessen teilte. Wie oft haben wir lange Abende zusammengesessen und über Gott und die Welt geplaudert, wobei Sir Charles sehr lebendig und kenntnisreich über Südafrika zu berichten wußte.

Ich schildere das Verhältnis bewußt so ausführlich, um Ihnen, verehrter Mr. Holmes, klarzumachen, wie sehr mir auffallen mußte, daß Sir Charles in den letzten Monaten zunehmend nervös und reizbar wurde. Vor allem war mir unbegreiflich, wie ein so gebildeter, weltläufiger Mensch die Ihnen beiden eben vorgetragene Geschichte vom teuflischen Hund so ernst nehmen konnte. Das ging so weit, daß er, ein leidenschaftlicher Jäger, es ängstlich vermied, in der Dämmerung oder gar nachts auch nur einen Schritt ins Moor zu setzen. Schließlich vertraute er mir an, er spüre, wie das grausige Verhängnis, das seit Hugo Baskerville auf der Familie lastete, auch nach ihm greife. Die Frage, ob ich bei meinen nächtlichen Fahrten durchs Moor nichts Ungewöhnliches bemerkt, gar vielleicht Hundegebell gehört habe, kehrte in immer kürzeren Abständen wieder. Und jedes Mal schien Sir Charles dabei in höchstem Grade erregt.

Ich verschrieb ihm Beruhigungsmittel, die jedoch überhaupt keine Wirkung zeigten. Eines Abends, etwa drei Wochen vor seinem Tode, ich weiß es noch wie heute, stand er, als ich in

meinem Wägelchen ankam, gerade vor dem Portal. Ich stieg ab, um ihn zu begrüßen. Da sah ich, wie plötzlich furchtbares Entsetzen sein Gesicht verzerrte. Ich drehte mich rasch um, konnte aber nur noch am Ende der Eibenallee einen großen schwarzen Schatten wie von einem Kalb davonspringen sehen. Sir Charles ließ nicht locker, bis ich zum Ende der Allee ging, um zu schauen, was da gewesen war. Ich fand natürlich nichts, aber auch gar nichts. Offensichtlich aber hatte die Erscheinung ihn seelisch aufs äußerste mitgenommen, und ich hatte viel Mühe, ihm seine Wahnvorstellungen wieder auszureden, denn er behauptete, einen riesigen Hund gesehen zu haben.
Ach, hätte ich die Sache doch ernster genommen, vielleicht würde Sir Charles dann heute noch leben!
Die Reise nach London war meine Idee. Ich erhoffte mir für Sir Charles von der Großstadt einige Ablenkung. Er sollte auf andere Gedanken kommen, ins Theater gehen, Leute treffen und endlich den verd ... – Entschuldigung! – Hund vergessen. Nur so war auf eine gewisse Stabilisierung seines Gemütszustandes zu hoffen, eine Ansicht übrigens, die unser gemeinsamer Freund Stapelton, der sich ebenfalls große Sorgen um Sir Charles machte, teilte. Nun, der Tod hat das vereitelt.
In der fraglichen Nacht war ich, von Perkins, dem Stallknecht, alarmiert, als erster, nach Barrymore natürlich, bei Sir Charles. Ich konnte nur noch seinen Tod feststellen. Dann sah ich mich, so gut das im Licht der Laterne ging, etwas um. Drei Spuren liefen durch die Eibenallee. Meine, die von Barrymore und die von Sir Charles. Man sah deutlich, daß er vom Haus bis zur Moorpforte ruhig gegangen, dann aber offensichtlich in höchster Eile weitergelaufen sein mußte. Daß sein Gesicht schrecklich verzerrt war, wissen Sie ja schon. Aber er hatte auch die Hände tief in die Erde gekrallt. Und da war noch etwas: noch mehr Spuren, frisch und deutlich, nicht weit weg von der Leiche.«
»Fußspuren?«
Dr. Mortimer sah uns bedeutungsvoll an, seine Stimme war nur noch ein Flüstern:
»Tief und riesengroß – die Pfotenabdrücke eines Hundes!«

Rätsel

Ich gestehe, daß mich ein Gruseln überlief. Auch Dr. Mortimer schien nicht ganz wohl in seiner Haut bei dieser Erinnerung. Holmes aber war ganz Spannung, seine Augen blitzten, wie immer, wenn ihn ein Fall besonders fesselte. Jetzt hatte er Blut geleckt. Er beugte sich vor:

»Die Spuren eines Hundes? Und riesengroß, sagen Sie?«

»Ja, eindeutig und unübersehbar.«

»Und Sie haben niemandem etwas davon gesagt?«

»Warum und wozu? Sir Charles war tot. Und nur wer die Familiensage kennt, weiß auch um die mögliche Bedeutung der Spur. Glauben Sie, ich wollte mich in aller Öffentlichkeit lächerlich machen?«

»Hat sonst jemand die Spuren gesehen?«

»Meines Wissens nicht. Mindestens hat niemand sie erwähnt. Auch waren sie ja nicht unmittelbar bei der Leiche, sondern führten in etwa einem Meter Entfernung vorbei.«

»Könnten es nicht die Spuren eines Schäferhundes gewesen sein? Schließlich treibt ja mehr als ein Schäfer seine Herde durchs Moor.«

»Für einen Schäferhund waren die Pfotenabdrücke viel zu groß. Ich sagte ja, sie waren riesengroß!«

»Gingen aber in einiger Entfernung am Leichnam vorbei, führten nicht zu ihm hin?«

»Nein.«

»Wie war das Wetter in dieser Nacht?«

»Naßkalt.«

»Regnete es?«
»Kaum.«
»Können Sie mir die Allee etwas näher beschreiben?«
»Es ist, wie bereits bemerkt, eine Eibenallee. Die Bäume sind schon sehr alt, häufig gestutzt und bilden so eine fast undurchdringliche Mauer. Die beiden Baumreihen stehen knapp sieben Meter auseinander. In der Mitte dazwischen verläuft ein 2,50 m breiter Weg, gesäumt von Rasen.«
»Und an einer Stelle gibt es eine Pforte?«
»Ja, sie führt zum Moor.«
»Besteht sonst noch eine Zugangsmöglichkeit, außer vom Haus her?«
»Am anderen Ende der Allee steht ein Gartenhäuschen. Da kann man auch hinaus oder herein.«
»Sir Charles war in diese Richtung gelaufen?«
»Ja, er lag etwa fünfzig Meter vor dem Gartenhäuschen.«
»Wo, Dr. Mortimer, das ist sehr wichtig, wo fanden Sie die Spuren des Hundes? Auf dem Rasen oder auf dem Weg?«
»Auf dem Rasen konnte man doch gar keine Spuren sehen!«
»Das ist sehr interessant. – Und noch eins: War die Moorpforte offen oder geschlossen?«
»Sie war verriegelt.«
»Wie hoch ist sie?«
»Vielleicht einen Meter zwanzig.«
»Man kann also darübersteigen?«
»Mit Leichtigkeit.«
»Was für Spuren fanden Sie an der Pforte?«
»Keine besonderen.«
»Was heißt das? Hat sie denn niemand untersucht?«
»Doch, ich.«
»Und Ihnen ist nichts aufgefallen?«
»Naja, der Boden war ziemlich zertrampelt. Sir Charles hatte offensichtlich fünf bis zehn Minuten hier gestanden.«
»Wie kommen Sie darauf?«
»Weil da zwei Ascheröllchen von seiner Zigarre lagen.«
»Ausgezeichnet beobachtet! Aber noch einmal zu den Spuren. War da wirklich sonst nichts zu entdecken?«

»Die Fußabdrücke konzentrierten sich auf einen relativ kleinen Fleck und stammten nur von Sir Charles.«

»Himmel!« Sherlock Holmes klatschte die flache Hand aufs Knie. »Wäre ich doch nur selbst an Ort und Stelle gewesen. Da lag vor Ihnen und meinen beamteten Kollegen die ganze Geschichte aufgeschlagen wie ein Buch, und keiner war imstande, sie zu lesen. Jetzt ist es natürlich zu spät, nachdem so viele neugierige Tölpel darüber getrampelt sind. – Oh, Dr. Mortimer, das war ein schwerer Fehler, daß Sie mich nicht gleich eingeschaltet haben!«

»Wie sollte ich, wenn ich meinen Verdacht nicht preisgeben wollte? Es gab doch schon genügend Gerede in der Gegend. Sie haben es doch gehört, und außerdem ...«

»Was ›und außerdem‹? Warum sprechen Sie nicht weiter?«

»Außerdem gibt es Dinge, gegen die der tüchtigste Detektiv machtlos ist.«

»Sie meinen gegen übernatürliche Erscheinungen?«

»Das haben jetzt Sie gesagt, Mr. Sherlock Holmes!«

»Und Sie, Dr. Mortimer, haben es so gemeint!«

»Ich komme als Arzt viel herum. Und da ist mir einiges zu Ohren gekommen, was sich schwer mit den gültigen Naturgesetzen in Einklang bringen läßt.«

»Zum Beispiel?«

»Schon bevor Sir Charles ums Leben kam, hat man mehr als einmal nachts im Moor eine Kreatur beobachtet, die übereinstimmend als riesiger feuriger Hund beschrieben wird. Ich habe mit den Leuten fast schon gestritten. Aber sie ließen sich durch nichts von ihrer Geschichte abbringen. Und was mich besonders stutzig macht: Die Beschreibung, die man mir von der höllischen Bestie gab, stimmte bei allen bis in die kleinsten Einzelheiten überein. Sollten wirklich mehrere Menschen im Moor an verschiedenen Stellen und zu verschiedenen Zeiten haargenau die gleiche Halluzination gehabt haben?

Sie können sich wohl kaum vorstellen, welche Furcht in der Gegend herrscht. Und da soll ich dann noch Öl ins Feuer gießen und den berühmtesten lebenden Detektiv holen, um die Pfotenabdrücke einer übergroßen Bestie zu erklären?«

»Nun, Dr. Mortimer, was hält denn der naturwissenschaftlich gebildete, rational denkende Mediziner, was halten Sie selbst von der übernatürlichen Erscheinung?«
»Ich weiß wirklich nicht, was ich denken soll!«
»Hm«, sagte Holmes mit einem Achselzucken, »mein Jagdrevier war bisher die diesseitige Welt. Für Geister bin ich nicht zuständig. – Aber doch wenigstens die Spuren waren real?«
»Auch die höllische Bestie, die Hugo Baskerville zerfleischte, war wirklich – und war zugleich ein Wesen aus einer anderen Welt.«
»Wenn Sie tatsächlich daran glauben, warum sind Sie dann überhaupt zu mir gekommen? Wollen Sie eine Bestätigung von mir? Auf das Gebiet werde ich Ihnen nicht folgen!«
»Darum geht es doch nicht!«
»Worum dann?«
Holmes schien allmählich einigermaßen verzweifelt über diesen Umstandskrämer von Landarzt, der nun schon zwei Stunden um die Sache herumredete.
»Wie kann ich Ihnen nun helfen, was kann ich für Sie tun?«
»Mir raten, was ich mit Sir Henry Baskerville machen soll, der in« – Dr. Mortimer zog eine silberne Uhr, die an einer dünnen, ebenfalls silbernen Kette hing, aus der Tasche, klappte den Deckel auf und studierte die Zeigerstellung – »der in genau eineinviertel Stunden auf dem Waterloo-Bahnhof ankommt.«
»Abholen natürlich! – Ist Sir Henry der Erbe?«
»Ja. Und als Testamentsvollstrecker muß ich mich um ihn kümmern. Er war als Farmer in Kanada. Die Auskünfte, die ich über ihn erhielt, sind sehr positiv.«
»Ist er der einzige Erbe?«
»Außer ihm dürfte niemand Ansprüche haben. Sir Charles war der älteste von drei Brüdern. Er blieb kinderlos. Sein jüngerer Bruder starb, wenige Jahre nachdem er geheiratet hatte, durch einen unglücklichen Sturz vom Pferd. Er hatte einen Sohn, jenen Henry, den ich gleich in Empfang nehmen muß. Der jüngste der drei Brüder, Rodger Baskerville, war das schwarze Schaf der Familie. Nicht nur, daß er Sir Hugo Baskerville, dem der Sage, wie aus dem Gesicht geschnitten war. Er zeigte auch

charakterlich einige Übereinstimmung mit seinem bösen Vorfahr. Als ihm schließlich der Boden unter den Füßen zu heiß wurde, floh er nach Mittelamerika, wo er 1876 an Gelbfieber starb. So ist Henry der letzte Baskerville. Er hat mir heute früh von Southampton ein Telegramm geschickt. Und nun weiß ich nicht, wohin mit ihm.«

»Ja warum bringen Sie ihn nicht nach Schloß Baskerville? Schließlich ist er doch jetzt der Besitzer.«

»Nach Schloß Baskerville? Ins Haus des Todes? Damit auch er dort zugrunde geht? Ich bin überzeugt, Sir Charles hätte das nie zugelassen. Andererseits kann ich ihm doch aber auch nicht einfach raten, das Schloß zu verkaufen? Was also, Mr. Holmes, soll ich tun?«

Holmes zog nachdenklich die Augenbrauen hoch:

»Sie glauben also, daß für alle Baskervilles Dartmoor ein ungesunder Landstrich ist?«

»Jedenfalls sind hier allem Anschein nach Kräfte am Werk, die sich menschlichem Einfluß entziehen.«

»Und in London sollte Sir Henry vor ihnen sicher sein? Das kann ich mir bei Kräften aus dem Reich des Übersinnlichen nicht vorstellen. Ich meine, wenn Sir Henry gefährdet ist, dann ist er das auf Schloß Baskerville weniger als in London, wo viel mehr Kutschen verkehren, die ihn überfahren können.«

»Mr. Holmes, wenn Sie erlebt hätten, was ich erlebt habe, würden Sie wohl kaum versuchen, die Sache ins Lächerliche zu ziehen!«

Endlich zeigte unser Besucher etwas wie Temperament.

»Jetzt, Dr. Mortimer, nehmen Sie Ihren Hund – er drängt schon ein ganzes Weilchen nach draußen –, fahren zum Waterloo-Bahnhof und nehmen Sir Henry in Empfang.«

»Und dann?«

»Bringen Sie ihn in ein Hotel. – Aber sagen Sie ihm kein Sterbenswörtchen von Ihren ›Geistern‹. Ich lasse mir inzwischen etwas einfallen. Kommen Sie dann morgen früh gegen zehn Uhr wieder zu mir. Und bringen Sie Sir Henry Baskerville mit. Das ist wichtig, denn bei allem, was wir tun können, wird er eine wesentliche Rolle spielen. Also, bis morgen dann.«

Dr. Mortimer erhob sich:
»Auf Wiedersehen, Mr. Holmes, wir werden morgen pünktlich sein.«
Er schusselte zur Tür, wo ihn Holmes noch einmal stoppte:
»Eine Frage noch: Der feurige Hund erschien den Moorbewohnern vor Sir Charles' Tod?«
»Ja.«
»Und nachher?«
»Ist er bisher, soweit ich weiß, nicht mehr aufgetaucht.«
»Danke, das war alles, was ich wissen wollte.«
Mortimer tappte hinaus. Holmes schien äußerlich unbewegt. Aber an dem Funkeln in seinen Augen erkannte ich, daß es heftig in ihm arbeitete. Offensichtlich war das Geheimnis um den Tod von Sir Charles Baskerville ein Fall ganz nach seinem Herzen. Jetzt brauchte er sicherlich Ruhe zum Nachdenken. Und da kam auch schon die Frage:
»Sie gehen aus, Dr. Watson?«
»Ja, es sei denn, ich könnte Ihnen irgendwie behilflich sein.«
»Nein, im Moment nicht. Ihre Stunde kommt, wenn wir handeln müssen. – Sagen Sie doch bitte im Laden an der Ecke Bescheid, daß man mir ein Päckchen Tabak schickt. – Wir sehen uns am Abend. Dann können wir unsere Meinungen austauschen. Lassen Sie sich etwas einfallen, was uns auf die Spur dieses verteufelten Hundes führt.«
Ich verbrachte also den Tag im Club und machte mich schließlich gegen neun Uhr auf den Heimweg. In der Wohnung rührte sich nichts. War Holmes auch ausgegangen? Nein, denn als ich die Tür öffnete, quoll mir eine dicke Wolke Tabakrauch entgegen. Kaum daß die Strahlen der Lampe auf dem Tisch die Schwaden zu durchdringen vermochten. Tränen schossen mir in die Augen, keuchend und hustend schnappte ich nach Luft. Ich tastete mich zum Fenster, nicht ohne mir dabei das Knie anzustoßen, riß es weit auf. Es dauerte ein Weilchen, bis sich der »Nebel« so weit gelichtet hatte, daß ich meinen Freund sehen konnte. Angetan mit dem Schlafrock, seine alte Meerschaumpfeife zwischen den Lippen, saß er, die Füße mitsamt den Pantoffeln auf dem Tisch, im Lehnstuhl. Nein, er lag

mehr als er saß und um sich hatte er mehrere große Papierrollen verstreut. Amüsiert beobachtete er mich.
»Guten Abend, mein Freund. Ich sehe, Sie haben den Tag im Club zugebracht.«
»Woher wollen Sie das wissen?«
»Ich habe doch recht?«
»Sicher, aber wie . . .?«
Lachend fiel er mir ins Wort:
»Sie sind manchmal zu naiv, Watson, und reizen dazu, daß ich meine bescheidenen Verstandeskräfte an den Ihren messe. Ein Mann geht an einem trüben und regnerischen Tag aus und kommt nach Stunden zurück wie aus dem Ei gepellt, ohne einen Wassertropfen auf dem Hut oder den Schuhen. Er kann sich also kaum im Freien aufgehalten haben. Gute Freunde hat er nicht. Wo also war er? Liegt die Antwort nicht auf der Hand?«
Kleinlaut mußte ich zugeben, daß gegen diese Beweisführung nichts einzuwenden war. Aber ich ärgerte mich doch, daß Holmes seine Überlegenheit so sehr herausstrich. Schließlich machte er ja den ganzen Tag nichts anderes, als sich im Beobachten und logischen Denken zu üben. Da konnte man es gut zur Meisterschaft bringen.
»Und was haben Sie gemacht, Holmes?«
»Ich war in Devonshire.«
»Sie sind fortgefahren?«
»Aber nein. Mein Körper blieb den ganzen Tag hier im Lehnstuhl und hat, wie ich erstaunt registrieren muß, in dieser Zeit zwei große Kannen Kaffee und Unmengen Tabak konsumiert. Mein Geist aber war den ganzen Tag in Dartmoor. Als Sie weg waren, hatte ich mir von Stanford ein paar großmaßstäbliche Karten besorgen lassen und bin dann die ganze Zeit dort spazierengegangen. Ich glaube, ich kenne die Gegend jetzt wie meine Westentasche.«
Er nahm eine der Rollen und breitete sie vor mir aus.
»Sehen Sie, hier ist Schloß Baskerville.«
»Dieser Komplex hier im Wald?«
»Genau. Das hier muß die Eibenallee sein. Rechts davon liegt

nämlich das Moor, was also ganz der geschilderten Situation entspricht. Und hier haben wir Grimpen, wo Dr. Mortimer wohnt. Im Umkreis von zehn Kilometern finden sich sonst nur noch ein paar einzelne Gebäude. Lafter Hall, da muß das Mädchen der Sage zu Hause gewesen sein. Und hier dürfte der Naturforscher, Stapleton hieß er, glaube ich, wohnen. Zwei Moorhöfe gibt es auch, High Tor und Foulmir. Ganz am Rand der Karte Princetown, das Zuchthaus. Dorthin dürften es vom Schloß ca. fünfundzwanzig Kilometer sein. Soweit also die wenigen Fixpunkte in und am Moor, dem Schauplatz einer Tragödie, deren Wiederholung wir verhindern müssen.«

»Scheint mir keine sehr freundliche Gegend.«

»Sie paßt zu der Geschichte. Wenn wo etwas Übernatürliches haust, von mir aus mag man es Teufel nennen, dann dort.«

»Glauben Sie wirklich, daß ein Teufel im Spiel ist?«

»Teuflisch scheint mir ein schwacher Ausdruck für das, was hier gespielt wird. Nur könnte der Teufel auch aus Fleisch und Blut sein. Doch keine voreiligen Schlüsse. Erst müssen wir zweierlei klären: Gibt es ein Verbrechen? Und wenn ja, was war nun das Verbrechen. Und wenn wir das wissen, müssen wir fragen, wer es begangen hat.

Freilich, sollte Dr. Mortimer recht haben und sollten hier Mächte am Werk sein, die außerhalb der Naturgesetze stehen, dann können wir gleich aufgeben. Aber solange das nicht zweifelsfrei feststeht, dürfen wir keinen einzigen Umstand dieses Falls außer acht lassen.

Können wir nicht allmählich das Fenster wieder schließen? Sauerstoff soll zwar das Denken fördern, aber so viel Sauerstoff brauche ich dazu nun wirklich nicht. Was halten Sie denn vom Fluch der Familie Baskerville?«

»Also, je länger ich den Fall drehe und wende, desto verworrener wird er.«

»Es gibt wirklich einiges, was Verwirrung stiften kann. Ein älterer, herzkranker Mann geht spazieren, schaut eine Weile in die Gegend, wahrscheinlich ins Moor, und fängt dann plötzlich an, aus Leibeskräften zu rennen, mitten in der Nacht, vom Haus weg! Wie soll man so etwas erklären?«

»Er hat vielleicht etwas gehört und lief hinterher.«
»Nein, Watson, Sie vergessen, daß seine Züge entsetzlich verzerrt waren, als man ihn fand. Ich vermute eher, daß er vor etwas davonlief.«
»Wovor?«
»Ja, das ist das Problem, wenn wir nicht an übernatürliche Erscheinungen glauben wollen. Sir Charles stand an der Moorpforte, bevor er zu laufen begann. Man wird also annehmen müssen, daß das ›etwas‹ vom Moor her kam. Und es muß ihn so sehr erschreckt haben, daß er fast besinnungslos – denken Sie an die Schreie, die der Zigeuner gehört haben will – statt zum Haus vom Haus weglief, bis sein Herz den Dienst versagte.«
»Warum ist er denn überhaupt an der Moorpforte stehengeblieben? Es war doch eine finstere, regnerische Nacht. Was wollte er da im Schein seiner Laterne draußen im Moor sehen?«
»Ausgezeichnet, Watson! Das ist wirklich ein wesentlicher Punkt in dieser dunklen Geschichte. Ich erkläre mir sein Verhalten so, daß er verabredet war, daß er auf jemand wartete, der vom Moor her kommen sollte. Aber damit wissen wir natürlich noch lange nicht, auf wen er wartete. Geträumt hat Sir Charles an der Moorpforte sicherlich nicht, das tat er als alter und kranker Mann wohl eher im Lehnstuhl am warmen Kamin. Dr. Mortimers kluge Beobachtung, die ich ihm gar nicht zugetraut hätte, beweist aber, daß er längere Zeit an einem Fleck verharrte. Sie haben schon recht, Watson, auch das ist ein Punkt, der eher Verwirrung stiftet, als Klarheit bringt. Allerdings, Sir Charles wollte am nächsten Tag nach London. Das könnte eine gewisse Bedeutung haben.
Doch lassen wir das Grübeln. Heute abend lösen wir das Geheimnis von Baskerville nicht mehr. Morgen kommen Sir Henry und Dr. Mortimer, dann sehen wir vielleicht klarer. Ob Sie mir bitte die Geige herüberreichen?«

Eine Warnung und ein Reinfall

Sehr viel Zeit war uns zum Frühstück nicht geblieben. Holmes war noch im Morgenrock, als pünktlich mit dem Glokkenschlag zehn Dr. Mortimer und der junge Baronet ins Zimmer traten. Man hätte sich keinen größeren Gegensatz zwischen den beiden vorstellen können. Neben der Bohnenstange Mortimer wirkte Sir Henry Baskerville klein und kompakt, aber doch energiegeladen. Aus dem scharfgeschnittenen, wettergegerbten Gesicht – er mußte sich viel im Freien aufgehalten haben, schoß es mir durch den Kopf – blitzten unter buschigen Augenbrauen, schwarz wie das volle Haupthaar, dunkle Augen. Der rötliche Tweedanzug, in dem er steckte, mochte an einem anderen Mann bäuerisch wirken. Er aber trug ihn mit der Gelassenheit eines Gentleman als das Selbstverständlichste von der Welt.

»Sir Henry Baskerville – Mister Sherlock Holmes und Dr. Watson« übernahm Dr. Mortimer die Vorstellung.

»Freut mich, Sie kennenzulernen, Mr. Holmes. Ich wäre auch ohne Dr. Mortimer zu Ihnen gekommen. Jedenfalls hat man Sie mir im Hotel als ›Rätsellöser‹ empfohlen. Und man sollte es nicht glauben, kaum bin ich in unserem guten alten England, schickt mir jemand einen ganz verrückten anonymen Brief.«

»Nehmen Sie doch erst einmal Platz, meine Herren«, fiel Sherlock Holmes ihm ins Wort.

»Ein anonymer Brief, sagten Sie?«

»Ja, dieser Fetzen hier.«

Und er reichte Sherlock Holmes einen billigen, grauweißen, arg strapazierten Umschlag, adressiert an ›Sir Henry Baskerville, Hotel Northumberland‹ und offensichtlich von einer des Schreibens nicht sehr gewohnten Hand gemalt. Abgestempelt war der Brief im Charing-Cross-Postamt, das Datum war das von gestern.
»Hatten Sie jemandem mitgeteilt, daß Sie im ›Northumberland‹ ein Zimmer nehmen werden?«
»Das habe ich selber erst gewußt, als mich Dr. Mortimer dort hinführte.«
»Ach so – Dr. Mortimer, Sie wohnten schon vorher dort!«
»Keineswegs. Ich war bei Bekannten eingeladen und habe dort auch genächtigt«, protestierte Dr. Mortimer. »Es konnte unmöglich ein Mensch wissen, daß wir uns ausgerechnet das ›Hotel Northumberland‹ als Quartier aussuchen würden.«
»Offensichtlich nimmt irgend jemand großen Anteil an Ihnen meine Herren. Doch lassen Sie einmal sehen, was in dem Umschlag steckt.« Er öffnete ihn, zog mit spitzen Fingern ein Blatt Schmierpapier heraus und entfaltete es vorsichtig. Nur ein Satz stand darauf, zusammengesetzt aus einzelnen gedruckten Wörtern: »Wenn sie Wert auf ihr leben und verstand legen, dann bleiben Sie dem Moor fern.« Das Wort Moor war handschriftlich eingefügt. »Ich würde ja doch ganz gerne wissen, wer glaubt, mir einen so blödsinnigen Scherz spielen zu müssen!« Sir Henry stieß diese Worte mit einigem Unmut hervor.
»Ich sehe schon, der Fall entwickelt sich schneller, als ich erwartete. – Was halten Sie denn davon, Dr. Mortimer? Sehr überirdisch scheint der Brief nicht.«
»Aber er kommt vielleicht von jemand, der an Übernatürliches glaubt.«
»Will mir endlich einer von Ihnen sagen, wovon Sie reden?« fuhr Sir Henry in das Geplänkel. »Mir scheint, Sie alle wissen mehr über meine Angelegenheiten als ich. Finden Sie es nicht allmählich an der Zeit, mich einzuweihen?«
»Eins nach dem anderen, Sir Henry«, entgegnete Sherlock Holmes kühl. »Befassen wir uns, wenn Sie gestatten, erst noch mit Ihrer ersten Frage, dem Brief. Er kann eigentlich nur ge-

stern abend abgefaßt worden sein. Wo ist denn die gestrige Times, Watson?«
Ich reichte sie ihm. Er blätterte kurz darin.
»Ah – hier, auf der Wirtschaftsseite – ein hoch interessanter Beitrag. Hören Sie: ›Wenn manche unserer Politiker so übergroßen Wert auf Schutzzölle legen, dann vergessen sie, daß ihre Forderung der Wirtschaft dieses Landes nichts als bleibenden Schaden zufügen kann. Nur völliger Unverstand oder Realitätsferne können die lebendige Kraft unserer Wirtschaft so falsch einschätzen. Dem freien Spiel der Kräfte sollten sie vertrauen und nicht sich ängstlich hinter einem Zaun verkriechen wollen, der weniger Schutz als Fessel ist, die das empfindliche Pflänzchen wirtschaftlicher Entwicklung am Boden hält, statt es frei sich entfalten zu lassen.‹
»Ein deutlicher Kommentar, meinen Sie nicht, Watson?«
Holmes strahlte über das ganze Gesicht.
Ich schaute ihn einigermaßen verdattert an. Und auch Mortimer schien, seinem ärztlich prüfenden Blick nach, leichte Zweifel an Sherlock Holmes' Gemütszustand zu haben.
»Mr. Holmes ich möchte Sie doch sehr bitten, meine Zeit nicht mit Zeitungsgeschwätz zu verschwenden«, brauste Sir Henry auf. »Es geht hier nicht um Zollpolitik, sondern um einen anonymen Brief! Bleiben Sie doch bitte bei der Sache!«
Holmes lächelte: »Ich bin mehr dabei als Sie denken. Besagter Brief ist nämlich aus haargenau diesem Artikel zusammengeschnippelt. Da, sehen Sie: Wenn – Wert auf – legen, dann ... jedes Wort finden Sie hier. Bloß ›Moor‹ nicht. Deshalb ist es auch mit der Hand geschrieben. Und daß gerade dieser Artikel als ›Vorlage‹ für den Brief diente, beweisen die kleingeschriebenen Hauptwörter ›leben‹ und ›verstand‹ genauso wie die Kombinationen ›Wert auf‹ und ›legen, dann‹. Überzeugt?«
Man hätte keine verblüffteren Gesichter sehen können als unsere in diesem Moment.
»Fantastisch!« – das war Mortimer. »Unglaublich«, murmelte Sir Henry. »Echt Sherlock Holmes!« – mein Kommentar.
»Wie sind Sie aber gerade auf die Times gekommen?« fragte Dr. Mortimer.

»Das war gar nicht so schwer. So wie Sie aus den Symptomen auf die Krankheit schließen, kennt ein guter Detektiv Zeitungspapier, und er kennt auch die Schrifttype der Times. Und schließlich sind Schriften – Sie erinnern sich? – mein besonderes Steckenpferd – nicht nur Handschriften. Natürlich hätte es auch die Times von vorgestern sein können. Andererseits war das wenig wahrscheinlich in Anbetracht des Datums des Poststempels. Außerdem, wer auch immer den Brief verfertigte, er konnte frühestens seit Eingang des Telegramms wissen, daß und wann Sir Henry eintrifft. Und das Telegramm kam erst gestern.«
»Es hat also jemand die Worte mit einer Schere aus dem Artikel herausgeschnitten?« fragte Sir Henry Baskerville.
»Ja, hätte man dazu eine Rasierklinge benutzt, wären die Schnittränder viel glatter.«
»Wobei uns das alles nicht viel weiterhilft.«
»Ich denke schon«, entgegnete Sherlock Holmes. »Die Schere nehme ich, wenn es schnell gehen soll. Und daß es der Verfasser eilig hatte, das sehen Sie auch daran, wie unsauber er die Wörter aufgeklebt hat. Kaum daß man die Reihenfolge erkennt, so sehr sind sie kreuz und quer geklebt. Außerdem ist mehr als eines eingerissen, und hier bei ›Wert‹ fehlt sogar die Hälfte vom W. Die handgeschriebene Adresse wirkt übertrieben unbeholfen. Offensichtlich fiel dem Schreiber die Verstellung schwer; er dürfte aus gebildeteren Kreisen stammen. Dafür spricht übrigens auch die ›Benutzung‹ der Times, deren Lektüre sicher nicht zur täglichen Pflicht des Herrn Jedermann gehört.
Fassen wir zusammen: Der Verfasser hatte es eilig oder war sehr aufgeregt. Er stammt aus gebildeten Kreisen und verstellte seine Handschrift. Es könnte also jemand gewesen sein, den Sie, Sir Henry, oder Sie, Dr. Mortimer, kennen.«
»Ist das alles nicht ein bißchen weit hergeholt?« fragte Dr. Mortimer.
»Wenn wir alle Möglichkeiten gegeneinander abwägen, kaum«, entgegnete Sherlock Holmes. »Eins vor allem hat mich mein Beruf gelehrt: Nie den geringsten Umstand außer acht zu

lassen. Es ist nur schade, daß der Verfasser ein Papier zum Aufkleben benutzt hat, das überall herkommen kann – allerdings wohl kaum aus einem Hotel, denn in den Hotelzimmern liegt für gewöhnlich besseres Briefpapier, und es hat stets einen aufgedruckten Briefkopf. Damit scheidet also mit einiger Sicherheit die Möglichkeit aus, daß der Verfasser des Briefes ebenfalls in einem Hotel, in Ihrem oder einem anderen, Logis genommen hat und Sir Henry vielleicht sogar vom Schiff her kennt.

Tja, mehr läßt sich beim besten Willen nicht aus diesem Indiz herausholen. –

Ist Ihnen, Sir Henry, seit Sie in London sind, sonst noch etwas Bemerkenswertes aufgefallen?«

»Nicht daß ich wüßte.«

»Ist Ihnen vielleicht jemand gefolgt, hat Sie jemand beobachtet?«

»Wer sollte wohl soviel Interesse an mir haben, daß er mir hinterher läuft? Wir befinden uns doch nicht in einer schlechten Komödie!«

»Vielleicht nicht Komödie, aber Drama«, sagte Holmes mit tiefem Ernst. »Doch darauf kommen wir gleich. – Es ging also alles seinen normalen Gang?«

»Ach ja, jetzt wo Sie Gang sagen, da fällt mir ein ... ich hatte gestern abend meine Stiefel vor die Zimmertür gestellt, und als ich sie heute früh wieder anziehen wollte, stand nur noch einer da. Geputzt zwar, aber eben solo.«

»Das ist doch lächerlich und gewiß nicht erwähnenswert. Sicher ein dummer Streich des Hotelboys. Der Schuh ist bestimmt wieder da, wenn wir ins Hotel zurückkommen. Was soll denn da für ein Zusammenhang bestehen?« Dr. Mortimer ereiferte sich richtig.

»Wir haben aber doch den Boy eingehend befragt. Der jedenfalls schwört bei allen Heiligen, er habe beide Stiefel geholt und auch wieder hingestellt. Und dabei blieb er, auch als ihn der Portier ins Gebet nahm. – Bei der ganzen Geschichte ärgert mich nur, daß die Schuhe ganz neu waren.«

»Sie hatten sie noch nicht getragen?«

»Nein, Mr. Holmes. Ich hatte sie erst gestern, gleich nach meinem Eintreffen in London gekauft. Ich hatte sie zum Putzen hinausgestellt, damit das Leder durch die Schuhcreme etwas geschmeidiger wird. Die Schuhe waren übrigens nicht der einzige Einkauf. Wenn man, wie ich, aus der Wildnis in die Zivilisation zurückkehrt, fehlt es ein bißchen an modischem Schnickschnack. Und auch wenn ich wieder aufs Land gehe, so muß ich als Baronet doch wohl ein wenig mehr auf mein Äußeres achten, als das bisher nötig war.«

»Das scheint mir auch so«, stimmte Holmes zu. »Nur komisch, daß der Dieb nur einen Schuh mitnahm. Damit fängt er wirklich nichts an, soweit hat Dr. Mortimer schon recht. Es spricht also einiges dafür, daß Sie den Schuh wiederkriegen.«

»Schuh hin, Schuh her. Jetzt haben wir lange genug von Lappalien geredet. Vielleicht verrät mir allmählich doch mal einer der Herren, was eigentlich los ist, was alle diese geheimnisvollen Andeutungen sollen!«

Sir Henrys dunkle Augen blitzten. Er war ganz schön in Fahrt.

»Aber selbstverständlich sollen Sie alles hören, Sir Henry. Am besten erzählt Dr. Mortimer Ihnen die Geschichte von Anfang an, allerdings vielleicht ein bißchen gekürzt.«

Dr. Mortimer begann sogleich, und je weiter er in seiner Geschichte kam, desto aufmerksamer hörte Sir Henry zu.

»Kaum zu glauben«, staunte er, als Dr. Mortimer geendet hatte, »daß ein ausgewachsener Mann eine so lächerliche Geschichte ernst nimmt. Natürlich kenne ich die Märchen vom feurigen Hund. Oft genug habe ich sie als Kind zu hören bekommen. – Andererseits muß einem natürlich Onkel Charles' Tod zu denken geben. – Aber daß ich einen Fluch geerbt haben soll, das finde ich einigermaßen lächerlich.

Was meinen Sie denn dazu, Mr. Sherlock Holmes? Ist das Ganze nun ein Fall für die Polizei oder für einen Geisterbeschwörer?«

Holmes schwieg mit undurchdringlicher Miene.

»Ah, ich sehe schon, Sie sind sich selbst noch nicht ganz schlüssig. Allerdings kommt da noch die Geschichte mit dem Brief dazu – oder hängt er nicht damit zusammen?«

»Ich meine doch«, entgegnete Dr. Mortimer. »Mindestens scheint jemand über die Vorgänge im Moor bestens informiert.«
»Und Ihnen wohlgesonnen«, ergänzte Sherlock Holmes. »Wozu sonst diese Warnung?«
»Die natürlich auch dazu bestimmt sein könnte, mich von Baskerville fernzuhalten.«
»Das ist durchaus möglich. – Jedenfalls bin ich Ihnen, Dr. Mortimer, sehr dankbar, daß Sie mich eingeschaltet haben. Selten ist mir ein Fall begegnet, der so viele Lösungsmöglichkeiten offen läßt. Doch wir müssen uns jetzt allmählich klar darüber werden, ob Sie, Sir Henry, nach Baskerville gehen?«
»Sollte ich vielleicht nicht?«
»Es könnte immerhin gefährlich werden.«
»Ach Papperlapapp«, brauste Sir Henry auf. »Vor Menschen könnte ich mich vielleicht fürchten, aber über unseren bösen Familiengeist kann ich nur lachen. Ich wüßte nicht, was mich daran hindern sollte, ins Haus meiner Väter einzuziehen!«
Ein tiefes Rot war in sein Gesicht gestiegen, und unter den finster zusammengezogenen buschigen Brauen blitzten unmutig die dunklen Augen. Wahrhaftig, das mußte das berühmte baskervillesche Temperament sein.
»Doch ich will nicht unbesonnen einen Entschluß fassen. Lassen Sie mir ein, zwei Stunden Zeit, daß ich mir alles noch einmal durch den Kopf gehen lassen kann. – Warten Sie, jetzt haben wir es halb zwölf. Wie wäre es, wenn wir uns so gegen zwei zu einem späten Mittagessen treffen?«
»Haben Sie etwas anderes vor?« wandte sich Holmes an mich.
Ich verneinte.
»Gut, dann sehen wir uns also um zwei im Hotel. – Soll ich Ihnen einen Wagen bestellen?«
»Nein, danke, ich gehe lieber zu Fuß. Nach soviel dumpfem Aberglauben wird mir die frische Luft guttun.«
»Und mir nicht weniger«, schloß sich Dr. Mortimer an.
Beide erhoben sich, sagten auf Wiedersehen und gingen. Kaum war die Haustür hinter ihnen ins Schloß gefallen, kam Leben in Holmes.

»Schnell, Watson, wir müssen hinterher!«
Er verschwand im Schlafzimmer und erschien nur Augenblicke später ausgehfertig angezogen. Wir eilten auf die Straße und sahen Sir Henry und Dr. Mortimer ein paar hundert Meter entfernt gerade in die Oxford Street abbiegen. Ich setzte zu einem Dauerlauf an, um die beiden noch einzuholen, fühlte mich aber jäh von Holmes gebremst, der mich am Arm gepackt hatte.
»Halt, mein lieber Watson. Es reicht, wenn wir unsere Gäste im Auge behalten. Aber bitte so, daß sie uns nicht sehen.«
Nun ja, Holmes mußte ja wissen, was er damit bezweckte. Mir war das Manöver schleierhaft.
Also gingen wir gemächlich in gleichbleibendem Tempo hinterher und blieben stehen, um ein Schaufenster zu betrachten, wenn sich der Abstand zu sehr verringerte, und beschleunigten unsere Schritte, wenn die beiden um eine Ecke verschwanden. Das ging so die ganze Oxford Street längs und dann die Regent Street. Mir fiel dabei auf, daß sich Sherlock Holmes immer wieder aufmerksam umsah; offensichtlich schien er auf etwas Bestimmtes zu warten. So strengte auch ich mich an, mir nichts, was vielleicht von Bedeutung hätte sein können, entgehen zu lassen. Aber als dann wirklich das erwartete Ereignis eintrat, ging mir seine Bedeutung zunächst gar nicht auf.
So ziemlich am Ende der Regent Street stand eine Kutsche. Gerade als Sir Henry Baskerville und Dr. Mortimer vorübergingen, setzte sie sich langsam in Bewegung und rollte neben den beiden her. Holmes beschleunigte im gleichen Moment den Schritt und rief mir halb über die Schulter zu: »Kommen Sie, Watson, das wollen wir uns näher anschauen!«
»Was?« fragte ich. Doch da war er mir schon einige Schritte voraus. In dem Moment aber erschien am Rückfenster der Kutsche ein von einem wirren Bart verdecktes Gesicht, in dem kleine stechende Augen standen. Der Besitzer zuckte sichtlich zusammen, als er Holmes sah und verschwand vom Fenster. Einen Augenblick später gebrauchte der Kutscher die Peitsche, das Pferd trabte an, und das Gefährt verschwand in schnellem Tempo im dichten Verkehr. Holmes jedoch vergaß alle Würde

und rannte hinterher. Er gab die Verfolgung aber sehr schnell auf, denn mit einem Pferd Schritt halten zu wollen war sogar für ihn ein aussichtsloses Unterfangen. Das Ganze war so schnell gegangen, daß ich immer noch am gleichen Fleck stand. Selten habe ich Holmes so wütend erlebt wie damals.

»Zu ärgerlich«, sagte er schnaufend, »daß mir der Kerl durch die Lappen ging. Aber ich hätte mir auch denken müssen, daß er mich vielleicht kennt.

Wenn es wenigstens Pech und nicht Dummheit gewesen wäre. – Aber daß Sie mir das ja nicht unterschlagen, wenn Sie diesen Fall berichten, Watson. Als neutraler Chronist dürfen Sie nicht nur von meinen Erfolgen erzählen.«

»Was war denn los?« fragte ich, denn ich hatte immer noch nicht ganz begriffen.

»Ja, in Dreiteufelsnamen! Sind Sie denn blind? Haben Sie denn nicht die Visage am Kutschenfenster gesehen?«

»Doch. Meinen Sie, das könnte vielleicht . . .«

»Sicher!« unterbrach er mich, »der Kerl war hinter Mortimer und Baskerville her. Es mußte einen Beobachter geben. Wie sonst hätte irgend jemand außer Mortimer wissen sollen, wo Baskerville abgestiegen war. Und wenn man ihn am ersten Tag beobachtet hatte, dann mußte man ihm auch am zweiten folgen. Haben Sie nicht bemerkt, daß ich bei unserem Gespräch mit Sir Henry immer wieder aus dem Fenster blickte?«

»Doch, ja.«

»Nun, ich sah nach, ob da jemand herumlungerte. Und da niemand zu sehen war, mußte der unsichtbare Beobachter spätestens dann auftauchen, wenn die beiden wieder gingen. Aber unser Widerpart – ob er Freund oder Feind ist, wissen wir ja noch nicht – scheint ein sehr schlauer Mensch zu sein. Er hat sich nämlich nicht auf seine Beine verlassen, sondern einen Wagen genommen. So konnte er ungesehen beobachten und hätte den beiden auch dann ohne Schwierigkeiten folgen können, wenn sie nicht zu Fuß zum Hotel gegangen wären. – Allerdings, ein Nachteil war für ihn dabei.«

»Der Kutscher müßte ihn beschreiben können.«

»Richtig!«

»Wie schade, daß wir die Droschkennummer nicht haben.«
»Also, mein lieber Watson, ich mag zwar manchmal ein Dummkopf sein, aber so von allen guten Geistern verlassen bin ich nun doch nicht. Die Nummer habe ich mir natürlich gemerkt, wobei uns das im Moment gar nichts nützt.«
»Mehr war doch gar nicht möglich.«
»O doch. Hätte ich nur ein bißchen schneller geschaltet, wir wüßten einiges mehr. Das richtige wäre nämlich gewesen, sofort, als wir die verdächtige Kutsche sahen, kehrtzumachen und selber eine Kutsche zu nehmen. Wir hätten der Kutsche des Beobachters noch nicht einmal folgen müssen. Es hätte genügt, zum Hotel voranzufahren und in aller Gemütsruhe auf Baskerville und Beobachter zu warten, die ja beide dahin kommen mußten. Und was sollte uns dann daran hindern, unsererseits den Verfolger zu verfolgen, um zu sehen, wohin er verschwand.
Sie sehen, Watson, welche Folgen ein Moment der Unaufmerksamkeit haben kann, besonders wenn man es mit einem so klugen und schnell entschlossenen Gegenspieler zu tun hat. Könnten Sie übrigens vor Gericht den Mann identifizieren?«
»Ich sah nur Bart und Augen, mehr nicht.«
»Mir gings genauso. Außerdem kann man einen Bart abrasieren, wobei ich sowieso vermute, daß es ein falscher war. Ich fürchte, es wird uns also auch die Befragung des Kutschers – die Nummer seines Gefährts haben wir ja – nicht viel einbringen. Unsere erste große Chance, wenigstens einen Zipfel dieser undurchsichtigen Geschichte zu lüften, haben wir jedenfalls vertan. Aber es kommen sicher noch andere. Jetzt wollen wir erst einmal sehen, wie wir die Zeit bis zu unserer Verabredung hinter uns bringen. – Wie wäre es mit einem Besuch in dieser Galerie?«
Und schon steuerte er darauf zu.
»Ich erinnere mich, in der Zeitung gelesen zu haben, daß hier seit wenigen Tagen einige moderne französische Maler ausgestellt sind. Kommen Sie, Watson. Bei aller Beschäftigung mit alten Familiensagen wollen wir unsere Zeit nicht aus dem Auge verlieren.«

Ein ebenbürtiger Gegner

Wenn ich etwas an meinem Freund bewunderte, dann seine Fähigkeit, vollkommen abzuschalten. Die folgenden zwei Stunden erging er sich nur in Betrachtungen über moderne Kunst – von der er unter uns gesagt, nicht sehr viel verstand –, sogar noch auf dem Weg zum Hotel, gerade so, als hätte es nie einen Fall Baskerville gegeben.

Der Empfangschef sagte uns, daß uns Sir Henry in seiner Suite erwarte. Holmes bat, einen Blick ins Gästebuch tun zu dürfen, was ihm ohne weiteres zugestanden wurde. Nur zwei Namen waren nach Sir Henry Baskerville eingetragen, ein Theophilus Johnson mit Familie aus Newcastle und eine Mrs. Oldmore mit Gesellschafterin aus High Lodge, Alton.

»Was sehe ich da?« sagte Holmes zum Empfangschef. »Theophilus Johnson? Das muß mein alter Freund Theophil, der Rechtsanwalt, sein. Ein älterer Herr mit grauen Haaren, er hinkt ein bißchen.«

»Sie irren. Mr. Johnson hinkt nicht, ist Unternehmer und noch recht jung.«

»Unternehmer, sagten Sie?«

»Ja, er hat eine Kohlengrube, kommt regelmäßig nach London und steigt dann bei uns ab.«

»Den Theophilus Johnson kenne ich allerdings wirklich nicht. Aber mir ist so, als hätte ich den Namen Oldmore schon einmal gehört.«

»Ihr Mann war Bürgermeister von Gloucester. Auch sie zählt zu unseren Stammgästen.«

»Danke.«
Während wir zur Treppe gingen, meinte Holmes: »Jetzt wissen wir wenigstens, daß der, der sich so für Sir Henry interessiert, nicht hier im Hotel wohnt. Womit im übrigen auch feststehen dürfte, daß er Grund hat, die persönliche Bekanntschaft des Baronets zu meiden. Das läßt einige interessante Folgerungen zu.«
»Welche?«
»Der Beobachter fürchtet – Nanu, was ist denn jetzt passiert?«
In dem Moment, als wir am oberen Ende der Treppe in den Hotelflur des ersten Stocks einbiegen wollten, stürmte uns Sir Henry entgegen. Sein Gesicht war dunkelrot, in der Hand schwenkte er einen staubigen Schuh. Er stoppte, als er uns sah, rang nach Worten. Schließlich stieß er zornbebend hervor: »Halten die mich hier für eine Witzfigur? Denen werde ich schon beibringen, ihre dummen Scherze bei jemand anderem zu versuchen. Wenn ich den erwische, der mir schon wieder 'nen Schuh geklaut hat, dann fliegt er hochkant. Von dem nimmt kein Hund mehr 'n Stück Brot!«
Vom Gentleman war in diesem Moment nicht viel zu spüren.
»Suchen Sie immer noch Ihren Schuh?« – Holmes war ganz kühl.
»Jawohl, und ich will ihn wiederhaben!«
»Ich denke, Sie suchen einen neuen braunen? Was wollen Sie denn hier mit dem alten schwarzen?«
»Weil sie mir den auch geklaut haben!«
»Wollen Sie damit sagen, daß man Ihnen wieder einen Schuh gestohlen hat?«
»Ja, das ist ja die Unverschämtheit!«
Allmählich gewann der Gentleman wieder die Oberhand.
»Ich habe zur Zeit überhaupt nur drei Paar Schuhe. Die neu gekauften braunen, von denen heute früh einer verschwunden war, hier die Lackschuhe, die ich anhabe, und ein Paar alte, schwarze Schuhe, die ich eigentlich nur aus Sentimentalität nicht weggeworfen habe. Und von denen fehlt jetzt auch einer! – Haben Sie den Schuh?« fuhr er das aufgeregte Zimmermädchen an, das auf der Bildfläche erschienen war.

»Nein, Sir. Ich habe überall danach gesucht und alle Mädchen gefragt, aber niemand hat ihn gesehen.«
»Also entweder ist der Schuh bis heute nachmittag wieder da oder ich suche mir ein anderes Hotel, wo das Personal keine langen Finger macht. Sagen Sie das dem Direktor. Ach was, ich sage es ihm selbst!«
»Aber ich kann doch nichts dafür.« Sie weinte fast. »Und von den anderen Zimmermädchen und den Boys hat ganz bestimmt auch niemand Ihren Schuh genommen. Er wird sich ganz sicher wieder finden. Warten Sie doch bitte noch, bis Sie zum Direktor gehen. Der Schuh muß ja zu finden sein.«
»Nun gut. Aber wehe Ihnen, wenn ich noch einmal den geringsten Anlaß zur Klage habe.«
»Danke, Sir.«
Sie knickste und lief dann, das Taschentuch vor die Augen gepreßt, davon.
»Sorry, Mr. Holmes. Ich wollte Sie eigentlich nicht mit einer solchen Lappalie belästigen. Obwohl ich mich fürchterlich aufregen kann, wenn das Personal glaubt, einem so unverschämt kommen zu können.«
»Ich fürchte, das ist keine Lappalie«, antwortete Holmes.
»Was ist es dann?«
»Wenn ich das wüßte, Sir Henry, wäre der Fall Baskerville schon halb gelöst. Es ist zuviel passiert, als daß man noch an Zufall glauben könnte. Ich ahne Zusammenhänge, ohne sie schon in Worte fassen zu können. – Doch jetzt, wenn Sie gestatten, wollen wir den Kellner nicht länger mit dem ersten Gang warten lassen.«
In schweigender Übereinkunft plauderten wir während des Essens von allem Möglichen, nur nicht von unserem Hauptproblem. Erst als wir im Nebenzimmer saßen, den Kaffee vor uns stehen hatten, Dr. Mortimer seine Verdauungszigarette und Holmes die Pfeife rauchten, nahm mein Freund den Faden wieder auf:
»Was werden Sie nun tun, Sir Henry?«
»Ich gehe nach Schloß Baskerville.«
»Wann?«

»Ende dieser Woche.«
»Ich glaube, Sie konnten keinen besseren Entschluß fassen«, meinte Holmes. »Zumindest wird es draußen auf dem Lande Ihrem Verfolger schwerfallen, Ihnen auf den Fersen zu bleiben. Und sollte er böse Absichten haben, so sind die in der Großstadt leichter ausgeführt als auf dem Land, wo jeder alles genau beobachtet.«
»Verfolger sagen Sie?«
»Ja, heute vormittag folgte Ihnen ein Wagen. Leider ist mir der Kerl, der darin saß, entwischt, und viel mehr als einen schwarzen Vollbart und stechende Augen konnten wir von ihm nicht sehen.«
»Barrymore, Sie erinnern sich, Sir Charles' Diener und Hausverwalter hat einen Vollbart, und schwarz ist der auch«, meinte Dr. Mortimer nachdenklich. »Vielleicht war er es?«
»Die Möglichkeit ist durchaus nicht von der Hand zu weisen. – Er müßte dann allerdings in London sein. Wir brauchen also nur festzustellen, ob er jetzt zuhause ist oder nicht«, überlegte Sherlock Holmes laut.
»Wie wollen Sie das denn anstellen?«
»Wir schicken ihm ein Telegramm – meinetwegen mit der Frage, ob alles für die Ankunft des neuen Herrn vorbereitet ist. Und ein zweites Telegramm geht zur gleichen Zeit an den Postmeister des zuständigen Postamtes – Grimpen, nicht wahr, Dr. Mortimer? –, in dem wir diesen auffordern, das Telegramm nur Barrymore persönlich auszuhändigen. Und wir bitten den Postmeister, wenn er Barrymore nicht antrifft, Sir Henry umgehend Meldung zu machen.«
»Scheint mir ein bißchen kompliziert«, meinte ich.
»Wissen Sie vielleicht etwas Besseres?« entgegnete Sherlock Holmes. »So erfahren wir jedenfalls noch heute, ob Barrymore dort ist, wo er hingehört.«
Bums, da hatte ich die Quittung. Mein guter Sherlock Holmes war halt doch ein bißchen sehr empfindlich allem gegenüber, was nach Kritik aussah.
Sir Henry schaltete sich ein: »Dr. Mortimer, was ist dieser Barrymore eigentlich für ein Mann?«

»Schon sein Vater war in Diensten auf Baskerville und soweit ich weiß waren es auch Groß- und Urgroßvater. Sir Charles hat sich eigentlich nie besonders über Barrymore und seine Frau geäußert. Man hört auch sonst, in der Umgebung, nichts besonders Positives oder Negatives über die beiden. Ich glaube, sie beschränken ihre Kontakte nach außen auf das Notwendigste.«
»Durchaus löblich für ein perfektes Dienerpaar. Hatte Sir Charles die beiden in seinem Testament bedacht?« fragte Holmes.
»Ja, jeder bekam 500 Pfund.«
»Oh, ein ganz schönes Sümmchen. Wußten die beiden schon vorher, daß sie und wieviel sie erben würden?«
»Ja, Sir Charles beschäftigte sich ja in den letzten Wochen sehr angelegentlich mit dem Gedanken an den Tod. Dabei kam natürlich auch zur Sprache, was er wem vererben wolle.«
»Das gibt zu denken.«
»Also, lieber Mr. Holmes, ich hoffe nur, Sie verdächtigen nicht jeden, der geerbt hat. Auch mir hat er 1000 Pfund hinterlassen.«
»Ich gratuliere, Dr. Mortimer. Wer hat denn sonst noch geerbt?«
»Es gab da ein ganzes Bündel von kleineren Zuwendungen an Einzelpersonen und Schenkungen an öffentliche Einrichtungen. Der große Rest aber ging hier an Sir Henry Baskerville.«
»Und wie groß war, nein, ist dieser Rest?«
»Siebenhundertvierzigtausend Pfund.«
»Hoppla!« Sherlock Holmes zog überrascht die Augenbrauen hoch. »Wer hätte gedacht, daß Sir Charles so vermögend war?«
»Sein Gesamtvermögen belief sich auf eine knappe Million.«
»Also um einen solchen Einsatz lohnte sich schon ein riskantes Spiel. Wer würde denn erben, wenn Sir Henry etwas zustieße?«
»Es gibt da einen ganz entfernten Verwandten, einen älteren Pfarrer, in Westmoreland, einen gewissen James Desmond. Er kam vor längerer Zeit einmal zu Sir Charles auf Besuch. Da

habe ich ihn kennengelernt. War schon ein komischer Kauz, dieser Pfarrer: schrecklich arm, aber fürchterlich eigensinnig. Lehnte er doch aus lauter Stolz ab, von Sir Charles Geld anzunehmen! Er hat Sir Charles fast beleidigt, weil er partout nichts von einer monatlichen Rente wissen wollte.«

»Und dieser Desmond würde also, wenn Sir Henry – was Gott verhüten möge – stirbt, das ganze Geld erben?«

»In jedem Fall das Schloß und den dazugehörigen Grund und Boden, denn die sind Familiengut und dürfen nicht verkauft werden. Das Geld nur, wenn Sir Henry nicht anderweitig darüber verfügt.«

»Haben Sie denn schon ein Testament gemacht?« wandte sich Holmes an Sir Henry Baskerville.

»Wann sollte ich? Ich habe doch erst gestern überhaupt Einzelheiten erfahren! Außerdem – meiner Meinung nach müssen Geld und Haus und Grundbesitz beisammen bleiben. Schließlich wird einiges an Kapital zu investieren sein, wenn der Betrieb da draußen etwas modernisiert und wieder in Schwung gebracht werden soll.«

»Da haben Sie sicher recht. Und das geht auch nicht, ohne daß Sie persönlich ein Auge darauf haben. Aber Sie dürfen auf gar keinen Fall allein reisen, Sir Henry.«

»Dr. Mortimer geht doch mit.«

»Der hat seine Praxis. Sie aber brauchen einen zuverlässigen, ständigen Begleiter, jemand, der Sie nicht aus den Augen läßt.«

»Dann kommen doch Sie mit, Mr. Holmes! Sie werden mir ein lieber Gast sein!«

»Sollte sich die Situation zuspitzen, will ich Ihnen gern zur Hilfe eilen. Aber Sie werden verstehen, daß ich nicht gut von heute auf morgen mein Büro im Stich und alle anderen Fälle ruhen lassen kann. Gerade jetzt befasse ich mich mit einer häßlichen Erpressungsgeschichte, in die eine sehr bekannte Persönlichkeit verwickelt ist. Ich kann im gegenwärtigen Zeitpunkt unmöglich von London weg!«

»Können Sie mir sonst jemand empfehlen?«

»Wenn mein Freund hier bereit ist, ich wüßte keinen besseren Mann, um ihm Ihren Schutz anzuvertrauen.«

Der Vorschlag kam mir völlig unerwartet. Doch bevor ich noch darauf eingehen konnte, ergriff Baskerville meine Hand, schüttelte sie ebenso herzlich wie kräftig und rief: »Das ist wirklich zu freundlich von Ihnen, Dr. Watson. Sie kennen sich in Kriminalfällen, falls meiner einer ist, ja auch viel besser aus als ich. Ich werde Ihnen zeitlebens dankbar sein, wenn Sie mir hindurchhelfen.«

Ich muß gestehen, daß mich die Aussicht auf ein Abenteuer schon lockte. Vor allem schmeichelte mir natürlich enorm, daß mir Holmes und der Baronet so viel Vertrauen entgegenbrachten. So antwortete ich: »Selbstverständlich bin ich gerne bereit, mit Ihnen nach Schloß Baskerville zu gehen. Meine Geschäfte in London können warten.«

»Also abgemacht. Und ich bekomme täglich Bericht von Ihnen, Watson. Von mir hören Sie allerdings nur, wenn es die Situation erfordert.

Wissen Sie schon, Sir Henry, wann Sie am Samstag fahren werden?«

»Ich denke um halb elf. Wir fahren vom Bahnhof Paddington«, sagte Dr. Mortimer.

»In Ordnung«, versicherte ich, »ich werde pünktlich sein.«

Wir waren aufgestanden, um uns zu verabschieden. Da stieß Sir Henry einen Triumphschrei aus, stürzte in eine Zimmerekke und holte einen braunen Schuh unter dem Schrank hervor.

»Da ist er ja!«

»Mögen alle Rätsel sich so einfach auflösen«, sagte Sherlock Holmes nachdenklich.

»Das ist ja doch zu komisch«, meinte Dr. Mortimer. »Sir Henry und ich hatten das Zimmer doch gründlich durchsucht, jeden Zollbreit. Der Schuh war nicht im Zimmer.«

»Dann muß ihn das Zimmermädchen während des Essens gebracht haben. Sie wollte uns wohl nicht stören.«

Wir zitierten das Zimmermädchen also nochmals in die Suite und examinierten sie eindringlich. Sie aber blieb dabei, daß sie den Schuh nicht gebracht und unter den Schrank geschoben habe.

Die Sache wurde immer rätselhafter. Erst ein anonymer Brief,

dann ein schwarzbärtiger Verfolger, dann verschwundene Schuhe, von denen einer wieder auftaucht. Das waren sogar für einen Sherlock Holmes harte Brocken, an denen er, wie seine verdrossene Miene zeigte, auch recht heftig kaute, als wir in der Kutsche in die Baker Street zurückfuhren. Sogar zuhause blieb er den Rest des Tages weitgehend stumm und in sich versunken. Nur die mächtigen Qualmwolken, die er seiner Pfeife entlockte, verrieten, daß noch Leben in ihm war.
So gegen neun Uhr abends kam ein Bote mit einer Notiz von Sir Baskerville: »Barrymore meldet telegraphisch, daß alles für mein Kommen vorbereitet!« Und wenig später klingelte es ein zweites Mal. Vor der Tür stand ein einfacher, vierschrötiger Mann, der verlegen die Mütze in den Händen drehte.
»Ah, da haben wir ja unseren Kutscher«, meinte Holmes.
»Sin' Sie der Herr, der wo sich nach meiner Kutsche gefracht hat? Ham se sich vielleicht was zu beklachn? Am Amt ham se mir nich sach'n woll'n oder könn, was se von mir wolln. Awer das sach ich ihn'n gleich, ich fahr meine Kutsche nu schon siebm Jahr und's hat sich noch nie nicht einer beklach'n könn!«
»Ich möchte nur eine Auskunft, mein guter Mann. Hier, das ist für Sie, wenn Sie mir aufrichtig antworten.« Er drückte ihm zwanzig Schilling in die Hand.
Ein Lächeln überzog des Kutschers Gesicht: »Heute is'n Glückstach for mich. Frag'n se nur.«
»Ihr Name und Ihre Wohnung, falls ich Sie später noch einmal brauchen sollte.«
»John Clayton, Turpay Street 3, Borough, angestellt bei Shipleys Fuhrgeschäft, dicht beim Waterloo-Bahnhof.«
Holmes notierte. »Jetzt erzählen Sie mir alles von Ihrem Fahrgast, mit dem Sie heute morgen um zehn hier in der Straße warteten und dann später zwei Herren hinterherfuhren.«
Unserem Besucher fiel vor Staunen die Kinnlade herunter. Doch er faßte sich recht schnell.
»Na, wenn se schon so viel wiss'n, könn se 'n Rest auch hör'n. Das war nämlich« – er senkte geheimnisvoll die Stimme – »'n Detektiv. Un ich hab schwör'n müss'n, niemand nichts zu verrat'n.«

»Mein lieber Mann, wenn Sie das tun, könnten Sie in eine ganz üble Sache hineingeraten. – Der Fahrgast hat Ihnen also erzählt, daß er Detektiv sei?«
»Jawoll.«
»Wann hat er das gesagt?«
»Zum Schluß, als er mich zahlte.«
»Hat er Ihnen auch seinen Namen gesagt?«
»Ja« – und jetzt war sein erneutes Flüstern ehrfurchtsvoll – »Sherlock Holmes!«
Jetzt blieb Holmes der Mund offenstehen vor Verblüffung. Dann fing er laut an zu lachen, wobei er sich mit der flachen Hand auf den Oberschenkel schlug.
»Das ist köstlich, Watson. Ein wirklich ebenbürtiger Gegner. Schon wieder ein Stich, der an ihn geht.«
Und zum Kutscher gewandt: »Sherlock Holmes, sagten Sie?«
»Ja, so hieß der Herr.«
»Wo und wann hat er Sie denn engagiert?«
»Was?«
»Wo und wann er Ihren Wagen bestiegen hat, will ich wissen!«
»Um halbzehne rum war's, auf'm Trafalger Square. Er sacht, er wär'n Detektiv un er wollt mich zwei Guinees geb'n, wenn 'ch 'n ganz'n Tach tät, was er sacht un tät nich frag'n.«
»Ja, weiter?«
»Un dann, dann fuhr'n wir zum Northumberland, un ham gewartet, bis zwei Herrn rauskam'. Denen simmer dann nach...«.
»Bis vor dieses Haus?« unterbrach ihn Holmes.
»Nee, mir ham'n Stückchen weiter fort gewartet. Ewich. Un dann kam'n die zwei Herrn wieder vorbei, diesmal zu Fuß, un dann simmer wieder hinnerher, un . . .«
»Ja, das weiß ich schon!«
»Un ja . . . dann am Ende von der Regent Street, da hat er mir plötzlich gesacht, ich sollt so schnell als 's ging zum Waterloo-Bahnhof fahr'n. Ja un das hab ich dann auch gemacht. Un er gibt mich meine zwei Guinees, steigt aus un geht in'n Bahnhof rein. Un vorher sacht er noch: ›Vielleicht interessiert es Sie, Sie haben Sherlock Holmes gefahren.‹ Aber wiss'n se, so hab ich mir ihn nicht vorgestellt.«

»Sherlock Holmes?«
»Ja.«
»Wie sah er denn aus?«
»'s is gar nich so einfach, ihn zu beschreibm.« Er kratzte sich nachdenklich am Kopf. »Er war so mittelgroß, möcht ich sach'n, wohl Stücker vierzich Jahr, mit eim mächtich groß'n schwarz'n Bart un eim blassen Gesicht. Aber mächtich fein angezog'n.«
»Welche Farbe hatten denn seine Augen?«
»Weiß ich nich.«
»Ist Ihnen sonst noch was an ihm aufgefallen?«
»Nee, kann ich nich sag'n.«
»Nun gut, Sie können gehen. Sollte Ihnen noch etwas einfallen, Sie wissen, wo Sie mich finden – und weitere zwanzig Schilling. Guten Abend.«
»Gut'n Amd, un schön'n Dank auch.«
John Clayton ging. Das so leicht verdiente Geld freute ihn offensichtlich sehr.
Holmes sah mich an, ein spöttisches Lächeln um die Lippen: »Wieder eine Fehlanzeige, wie befürchtet. So ein schlauer Fuchs. Er kannte unsere Hausnummer, wußte, daß Sir Henry hier gewesen war und erriet in der Regent Street, daß ich ihm folgte. Es mußte ihm natürlich klar sein, daß ich anhand der Wagennummer ohne weiteres würde an den Kutscher herankommen können. Und dann diese Frechheit, sich für Sherlock Holmes auszugeben. Wirklich, vor einem solchen Gegner muß man allen Respekt haben. In London jedenfalls hat er mich mattgesetzt. Ich kann nur hoffen, daß Sie draußen in Devonshire mehr Glück haben, Watson. Jedenfalls mache ich mir allmählich einige Sorgen.«
»Sorgen?«
»Es ist mir gar nicht wohl bei dem Gedanken, Sie so sehr der Gefahr aussetzen zu müssen. Und je tiefer wir in den Fall eindringen, um so gefährlicher erscheint er mir. Ich werde froh sein, wenn ich Sie heil und gesund wieder hier in der Baker Street habe.«

Nach Schloß Baskerville

Am Samstag begleitete Holmes mich zum Bahnhof Paddington. Dabei gab er mir letzte Verhaltensmaßregeln.
»Sie berichten mir alles Wesentliche. Bitte aber keine Theorien oder Vermutungen. Die überlassen Sie besser mir.«
»Und was halten Sie für wesentlich?«
»Alles, was mit unserem Fall zu tun hat. Auch noch so entfernte oder scheinbar unwesentliche Dinge. Besonders interessieren mich Sir Henry Baskervilles Nachbarn und alle neuen Tatsachen über Sir Charles' Tod, die Ihnen vielleicht zugetragen werden. Ich habe von hier aus Nachforschungen betrieben, konnte aber nichts weiter feststellen. Das mag am Ort des Geschehens anders sein. Das einzige, was inzwischen zweifelsfrei feststeht, ist, daß wir James Desmond aus dem Kreis der Verdächtigen streichen können. Ein liebenswürdiger älterer Herr – so lautet übereinstimmend das Urteil über ihn. Er mag zwar nach Sir Henry der nächste Erbe sein, aber die von mir vermutete Person hinter der ganzen Geschichte ist er sicher nicht. Wir müssen unser Augenmerk also zunächst vor allem auf die Leute im Schloß und im näheren Umkreis richten.«
Sherlock Holmes hatte, nach diesen Worten zu schließen, schon eine bestimmte Theorie. Aber ihn danach zu fragen hatte gar keinen Sinn. Er würde mir doch nichts sagen. So versuchte ich es auf andere Weise.
»Sollte man nicht als erstes dieses Dienerpaar, die Barrymores, fortjagen?«
»Bloß nicht! Wir könnten keinen schlimmeren Fehler begehen.

Sind sie unschuldig, wäre die Entlassung eine himmelschreiende Ungerechtigkeit und wohl kaum im Sinne des Verstorbenen oder seines Nachfolgers. Sind sie aber schuldig, würden wir uns jeder Chance berauben, sie zu überführen. Nein, nein, lassen wir sie auf der Liste der Verdächtigen. Auch den Stallknecht. Sie erinnern sich, er holte Dr. Mortimer in der Nacht von Sir Charles' Tod nach Schloß Baskerville. Und wen haben wir noch? Da sind die beiden Moorbauern – völlig unbekannte Größen für mich. Weiter ist da Dr. Mortimer – fast meine ich, wir könnten auch ihn von der Liste streichen. Ja, und zum Schluß, da wären noch Mr. Stapleton und seine Schwester –, sie soll übrigens eine sehr anziehende junge Dame sein – und Mr. Frankland von Lafter Hall sowie noch ein oder zwei andere Nachbarn. Das sind die Leute, Watson, die Sie etwas genauer unter die Lupe nehmen sollten.«
»Wird gemacht.«
»Haben Sie eine Waffe dabei?«
»Ja, ich dachte mir, es wäre gut, wenn ich mich gegebenenfalls zur Wehr setzen kann.«
»Das meine ich auch. Aber stecken Sie den Revolver auch immer ein. Und lassen Sie nie in ihrer Vorsicht nach!«
Unsere beiden Klienten hatten bereits ein Erster-Klasse-Abteil belegt und erwarteten uns nun auf dem Bahnsteig.
»Nein, es gibt nichts Neues«, antwortete Dr. Mortimer auf eine entsprechende Frage von Sherlock Holmes. »Ganz sicher bin ich, daß uns niemand gefolgt ist die beiden letzten Tage. Wir haben bei jedem Ausgang genauestens aufgepaßt.«
»Waren Sie immer beisammen?«
»Ja, nur gestern nachmittag haben wir uns getrennt. Ich war im Museum der Medizinischen Gesellschaft.«
»Und ich«, sagte Sir Henry, »habe das bunte Treiben im Park genossen.«
»Das allerdings hätten Sie nicht tun sollen, das hätte ins Auge gehen können«, sagte Sherlock Holmes ernst. »Bitte, Sir Henry, verlassen Sie bis auf weiteres das Haus nur in Begleitung. Nur dann kann ich für Ihre Sicherheit einigermaßen garantieren. – Hat sich übrigens der Schuh wieder gefunden?«

»Nein, er blieb verschwunden. Dafür hat aber auch der Hoteldirektor einiges zu hören bekommen, was er sich merken wird. Mich jedenfalls hat er zum ersten und zum letzten Mal in seiner Räuberhöhle gesehen.«

»Also dann, meine Herren, gute Reise und auf ein gesundes Wiedersehen.«

Wir stiegen ein, der Zug setzte sich langsam in Bewegung.

»Noch eins, Sir Henry, denken Sie an die Familiensage und meiden Sie das Moor in jenen Stunden der Finsternis, da die bösen Mächte ihr Spiel treiben!«

Und während der Zug immer schneller davonrollte, blickte ich, so lange es ging, zurück, wo auf dem Bahnsteig regungslos mein Freund stand, eine ernste, große und einsame Gestalt.

Die langen Stunden der Bahnfahrt gaben mir Gelegenheit, mit meinen beiden Reisegenossen etwas näher bekannt zu werden und das Zutrauen von Dr. Mortimers Spaniel zu gewinnen. Das triste Grau von Londons Häusermeer wurde bald von immer noch saftig grünen Weiden abgelöst. Die abgeernteten, frischgepflügten Felder glänzten dunkelbraun in der Sonne. Bald wurde der Boden rötlich, die Häuser waren nicht mehr aus Backsteinen erbaut, sondern die Mauern aus dunkel verwitterten Granitquadern gefügt. Sir Henry konnte sich gar nicht sattsehen an der Landschaft und gab immer wieder Rufe des Entzückens von sich, besonders als er die ihm aus seiner Jugend vertrauten Reize Devons wiederentdeckte.

»Ich habe ein gutes Stück von der Welt gesehen, Dr. Watson. Aber alle Schönheit, die ich sah, kann sich nicht mit dieser Landschaft hier vergleichen.«

»Es wird wohl kaum jemanden geben, dem nicht seine Heimat das liebste Land ist«, erwiderte ich lächelnd.

»An Devonshire und seinen Bewohnern ist, denke ich, doch etwas Besonderes, das sie von anderen Gegenden Englands unterscheidet«, erklärte Dr. Mortimer. »Ich glaube, hier hat sich keltische Wesensart länger gehalten als anderswo. Wann sind Sie denn übrigens von zuhause fort, Sir Henry?«

»Ich war ein Bursche von fünfzehn Jahren, als mein Vater

starb, und hatte den Stammsitz der Baskervilles noch nie gesehen. Wir wohnten damals an der Südküste. Von dort ging ich dann direkt nach Amerika, zu Freunden meiner Eltern. Schloß Baskerville und seine unmittelbare Umgebung sind für mich also mindestens ebenso neu wie für Sie, Dr. Watson. Und ich muß sagen, ich bin schon einigermaßen gespannt, besonders auf dieses geheimnisvolle Moor.«
»Ihr Wunsch wird sofort erfüllt, dort ist das Moor.«
Dr. Mortimer deutete aus dem Fenster. Auch ich blickte hinaus. Hinter Wiesen und Wäldern erhob sich im Dunst ein trister langgestreckter Höhenrücken mit seltsam zerklüfteten Kuppen, unbestimmt und in der Ferne verschwimmend wie eine Traumlandschaft. Baskerville saß wie gebannt, die Augen unverrückt auf das fantastische Bild geheftet. Sein Gesicht spiegelte die unterschiedlichsten Gefühle. Wie mußte ihn der Anblick dieses Landes rühren, über das seine Vorväter so lange geherrscht und dem sie ihren Stempel aufgedrückt hatten. Da saß also ein eleganter Mann in den besten Jahren, mit amerikanischem Akzent sprechend, in der Ecke eines höchst alltäglichen Eisenbahnabteils. Und doch, je länger ich sein Gesicht studierte, das scharfgeschnittene, wettergegerbte Gesicht, mit den ausdrucksvollen dunkelbraunen Augen unter buschigen Brauen, die schmale Nase mit den bebenden Nasenflügeln eines edlen Tieres, um so mehr fühlte ich, daß er ganz von der Art jener Männer war, die unser Land zu seiner Größe geführt haben. Hier saßen Mut, in sich ruhende, im Leben erprobte Kraft und Stolz. Wenn wirklich in jenem Moor, das am Horizont dräute, ein tödliches Geheimnis lauern sollte – er war gewiß der Kamerad, mit dem man es angehen und vielleicht auch enträtseln konnte.
Coombe Tracey, eine kleine, ländliche Station kam in Sicht. Der Zug hielt. Jenseits des weißen Holzzaunes wartete ein leichter Zweispänner; die davorgespannten Halbblüter scharrten ungeduldig mit den Hufen. Neugierige drängten heran. Der Stationsvorsteher ließ es sich nicht nehmen, selbst mit das Gepäck zum Wagen zu tragen. Offensichtlich war die Ankunft des Erben von Baskerville ein großes Ereignis.

Was man vom Ort sah, wirkte hübsch, aber sehr ländlich. Mit einigem Erstaunen registrierte ich auf dem Bahnsteig und an der Sperre Bewaffnete in Uniform, die die wenigen Reisenden, die den Zug verlassen hatten, scharf musterten.
Kutscher Perkins, ein kleiner knorriger Mann mit hartem Gesicht, hatte bei den Pferden gewartet. Er begrüßte seinen neuen Herrn, und wenig später rollten wir in scharfem Tempo auf einer breiten weißen Straße dahin. Neben ihr stiegen die immer noch grünen Weiden sanft an, und aus Inseln von dichtem Laubwerk grüßten freundlich die Giebel alter Höfe: ein friedliches Bild, golden überglänzt von der sinkenden Sonne. Doch dahinter lag, dräuend und schwer im Abendschatten die lange, düstere Linie des Moores, nur gelegentlich unterbrochen von finsteren, zerklüfteten Hügeln.
Der Wagen bog ab in einen in Jahrhunderten von unzähligen Wagenrädern tief gefurchten Weg. Es ging bergan zwischen hoch aufgetürmten Steinwällen, bedeckt mit dunkelgrünen dicken Moospolstern und üppig wuchernden Büscheln von Zungenfarn. Die Abendsonne setzte goldene Akzente auf braune Farn- und bunte Brombeerblätter. Weiter ging es über eine schmale, aus Steinen gemauerte Brücke, unter der sich das klare Wasser eines Baches schäumend seinen Weg zwischen dicken grauen Felsungetümen suchte. Weg und Bach wanden sich nun in einem Einschnitt aufwärts durch dichtes Eichen- und Kieferngestrüpp. Jeder neue Ausblick entlockte Baskerville Ausrufe der Begeisterung und zahllose Fragen. Doch für mich lag über der Landschaft, die so sehr sein Entzücken erregte, ein deutlicher Hauch von Melancholie und Vergänglichkeit, darübergebreitet vom Herbst. Den Weg deckte welkes Laub, bunte Blätter segelten von den Bäumen, unter denen wir dahinfuhren. Das Rollen der Räder erstickte immer wieder im modrig riechenden Teppich toter Blätter. Es waren keine fröhlichen Gaben, die, so schien es mir, die Heimat dem heimkehrenden Erben der Baskervilles vor den Wagen breitete.
»Nanu«, Dr. Mortimer hatte ihn als erster erspäht, »was ist denn hier los?«
Vor uns zeichnete sich auf einem Hügel, scharf und klar wie

ein Standbild, die Silhouette eines Bewaffneten zu Pferde ab, der, das Gewehr schußfertig im Arm, scharf den Weg beobachtete, auf dem wir dahinrollten.

»Was hat denn das zu bedeuten, Perkins?« fragte Dr. Mortimer.

Der Kutscher wandte sich um: »Aus Princetown ist ein Lebenslänglicher ausgebrochen. Vor drei Tagen war's. Und jetzt werden alle Wege, die aus dem Moor führen, streng bewacht. Aber man hat noch keine Spur von ihm. Den Leuten hier paßt das gar nicht, das können Sie mir glauben.«

»Üblicherweise gibt es doch in solchen Fällen für Hinweise eine Belohnung?«

»Freilich! Aber was sind schon fünf Pfund gegen die Aussicht, die Kehle durchgeschnitten zu bekommen? Es ist ja nicht ein gewöhnlicher Gefangener, sondern einer, der gleich zusticht.«

»Wer ist es denn?«

»Selden, der Mörder von Notting Hill.«

Perkins wandte sich wieder seinen Pferden zu.

Ich erinnerte mich gut an das Verbrechen. Seldens Grausamkeit und Brutalität hatten wochenlang die Gemüter erregt. So scheußlich war er vorgegangen, daß man eine geistige Störung bei ihm vermuten mußte. Nur deshalb war das Todesurteil in lebenslänglich umgewandelt worden.

Unser Wagen hatte die Höhe erreicht. Vor uns breitete sich die riesige Fläche des Moores, gesprenkelt von wüsten Steinhaufen, aus denen Felsnadeln spießten. Ein kalter Wind strich von ihm her und ließ uns frösteln. Irgendwo in dieser Wüstenei verbarg sich in einer Höhle wie ein gejagtes Tier ein menschlicher Unhold, das Herz voll tödlichem Haß gegen die Gesellschaft, die ihn ausgestoßen hatte. Dieser Gedanke paßte so ganz zur abstoßenden Leere der Landschaft, dem unter die Haut gehenden Wind und dem dunkel werdenden Himmel. Sogar Baskerville verstummte und hüllte sich fester in seinen Mantel.

Das fruchtbare Land mit seinen silbern glänzenden Bächen, den grünen Weiden und den frischgepflügten, rötlichen Feldern im weiten Netz der Wälder lag nun hinter uns. Vor uns

das Land wurde karger und wilder, auf der weiten grün- und rotbraunen Fläche lagen riesige Felsblöcke, an die sich hier und da eine einfache Hütte schmiegte, errichtet aus grobem Stein, dessen abweisende Härte keinerlei Grün milderte. Und da, in einer Senke, zwischen verkrüppelten, vom Wind zerzausten Eichen und Kiefern, erhoben sich zwei schlanke Türme.
»Schloß Baskerville«, Perkins deutete mit dem Peitschenstiel darauf.
Sir Henry hatte sich halb erhoben, seine Augen glänzten, eine leichte Röte färbte seine Wangen. Und wenige Minuten später rollten wir durch das breite Tor, dessen kunstvoll schmiedeeiserne Flügel weit offen standen. Sie saßen an verwitterten mit Flechten überzogenen Steinpfeilern, die mit den Eberköpfen der Baskerville geschmückt waren. Das Pförtnerhaus war eine Ruine aus brandgeschwärzten Granitmauern und angekohlten Dachsparren. Doch gegenüber strebten, halbfertig, die Wände eines neuen Torhäuschens in die Höhe – offensichtlich eines der von Sir Charles begonnenen Projekte.
Weiter rollte der Wagen zwischen hohen Stämmen und über Herbstlaub, das das Geräusch der Räder verschluckte, während sich die Zweige über uns zu einem hohen Tunnel schlossen. Sir Henry Baskerville schauderte unwillkürlich, als sein Blick zum Ende der Allee schweifte, wo mit rötlich glimmenden Fenstern das Schloß zu lauern schien.
»War es hier?« fragte er leise.
»Nein, die Eibenallee liegt auf der anderen Seite.«
Sir Henry blickte in die Düsternis: »Hier muß man ja schwermütig werden. Kein Wunder, daß mein Onkel auf den Gedanken kam, ihm drohe ein Unglück. Nein, so bleibt das nicht. In ein paar Wochen, das schwöre ich, brennt hier eine Reihe elektrischer Lampen und eine besonders helle hier, vor dem Haupteingang.«
Die Allee mündete auf eine große Rasenfläche, und dahinter konnte ich im Dämmerlicht gerade noch einen wuchtigen Steinklotz erkennen, aus dem eine Eingangshalle ausgriff. Das mußte das Hauptgebäude des Schlosses sein. Die ganze Front überzog ein Efeuvorhang, dessen Löcher die Fenster bezeich-

neten. Hoch über das Gebäude ragten die beiden alten Türme, zinnengekrönt und die Mauern von Schießscharten durchbrochen. Moderne Flügel schlossen den Komplex nach beiden Seiten ab. Trübes Licht fiel aus den durch kräftige Mittelstreben geteilten Fenstern, und aus einem der hohen Kamine über dem steilen Dach quoll eine dunkle Rauchwolke.
»Willkommen, Sir Henry, willkommen auf Schloß Baskerville.« Aus dem Schatten der Eingangshalle war ein großer Mann an den Wagen herangetreten und hatte den Schlag geöffnet. Im gelben Licht, das aus der Halle fiel, zeichnete sich eine grobe Frauengestalt ab. Auch sie trat heran, begrüßte Sir Henry und nahm sich dann unseres Gepäcks an.
»Sie nehmen es mir sicher nicht übel, wenn ich gleich weiterfahre«, sagte Mortimer. »Meine Frau wartet.«
»Wollen Sie nicht noch mit uns zusammen ein paar Bissen zu sich nehmen?« fragte Sir Henry.
»Ich würde ja gerne«, antwortete Dr. Mortimer. »Aber zuhause wartet mit Sicherheit auch eine Menge Arbeit auf mich. Nehmen Sie es mir also bitte nicht übel, wenn ich Ihre Einladung ausschlage. Ein andermal komme ich gern, und ich stehe Ihnen selbstverständlich jederzeit zur Verfügung, wenn Sie mich brauchen, sei es Tag oder Nacht. Sie müssen mich nur rufen.«
Während Sir Henry und ich in die Halle traten, verklang das Knirschen der Räder auf dem Kies. Mit dumpfem Schlag fiel die Eingangstür hinter uns zu. Wir standen in einem wohlproportionierten, hohen Raum mit einer altersbraunen von schweren, dunklen Eichenbalken getragenen Holzdecke. Im großen Kamin loderte ein kräftiges Feuer, das uns angenehm durchwärmte, waren wir doch von der langen Fahrt völlig durchgefroren. Die Flammen spiegelten sich im bunten Glas der hohen, schmalen Fenster und ließen mal hier mal da eines der Geweihe und Wappen an den holzgetäfelten Wänden hervortreten, bis zu denen das Licht der trüben Lampen in der Mitte des Raumes nicht drang.
»Genauso habe ich es mir vorgestellt!« rief Sir Henry. »Kommen Sie sich nicht auch vor wie eine Figur in einem alten Ge-

mälde? Und wenn ich daran denke, daß diese Halle fünf Jahrhunderte lang Generationen von Baskervilles Willkommen und Zuflucht bot, dann wird mir ganz feierlich zumute.«
Jugendliche Begeisterung strahlte aus seinem Gesicht, als er sich bemühte, jede Einzelheit zu erkennen. Er stand in der Mitte der Halle, im vollen Licht der Lampe. Doch von den Wänden krochen lange schwarze Schatten auf ihn zu. Lautlos war Barrymore in die Halle getreten und wartete respektvoll auf Anweisungen. Man konnte ihn mit einigem Recht als wohlaussehenden Mann bezeichnen. Er war schlank, das blasse, gutgeformte Gesicht zierte ein breiter, gepflegter, schwarzer Bart, die Lippen waren voll, die Zähne weiß und ebenmäßig. Schließlich räusperte er sich und sagte:
»Wünschen Sie, daß das Essen sofort aufgetragen wird, Sir?«
»Ist es fertig?«
»In ein paar Minuten, Sir. Wenn sich die Herren erfrischen wollen – heißes Wasser finden Sie auf Ihren Zimmern. Darf ich Sie hinaufführen?«
Wir schritten die breite Treppe hinauf zur Galerie, die rings um die Halle lief. Von ihr führten zwei lange Korridore in die beiden Flügel des Schlosses, wo sowohl die Privaträume wie auch die Gästezimmer lagen. Barrymore hatte mich erfreulicherweise im selben Flügel wie Sir Henry untergebracht. Gott sei Dank boten meine Zimmer einigen modernen Komfort. Schon allein die hellen Tapeten waren eine Wohltat. Zusammen mit den vielen Kerzen verscheuchten sie endlich die Schatten, die ich, seit ich den Fuß über die Schwelle des Schlosses gesetzt hatte, in allen Ecken lauern sah.
Der Speisesaal allerdings, der sich an die Halle anschloß, war dann wieder trübselig düster. In dem langen, schmalen Raum war der Boden im hinteren Drittel um eine Stufe erhöht zum Eßplatz für die Herrschaft. Auch hier wieder eine altersdunkle Holzdecke mit kräftigen Eichenbalken und eine Empore. Dort saßen wohl einst die Musikanten, die zum Essen aufspielten, und standen die Barden, die ihre Kunst zum besten gaben, während die Baskervilles tafelten. Nun, das mochte im Mittelalter vielleicht ganz lustig gewesen sein.

Für uns aber, zwei Herren im dunklen Frack, war der Raum entschieden zu groß. Unwillkürlich sank unsere Unterhaltung zu einem Flüstern herab, als ob wir die düsteren Herren und Damen, die schweigend von den Wänden herabblickten, zu stören fürchteten. So war ich einigermaßen erleichtert, als wir uns zum Kaffee in das modernere und gemütlichere Billardzimmer zurückziehen konnten.

Aber es war uns nicht vergönnt, den Tag ruhig ausklingen zu lassen, denn wir saßen kaum einige Minuten, als Barrymore eintrat und sich an Sir Henry wandte:

»Mit Verlaub, Sir, auf ein Wort, Sir.«

»Ja, was gibt's Barrymore?«

»Sir, meine Frau und ich werden uns glücklich schätzen, wenn wir bei Ihnen bleiben, bis Sie ganz eingerichtet sind. Sie werden aber sicher dann weit mehr Personal benötigen.«

»Wie meinen Sie das?«

»Sehen Sie, Sir, Sie können es ja nicht wissen, Sir Charles – Gott hab ihn selig – lebte sehr zurückgezogen. Das wenige, was zu tun war, konnten wir, meine Frau und ich, gut schaffen. Sie sind, mit allem nötigen Respekt bemerkt, jung und gesund, Sie werden sicherlich ein offenes Haus und mehr Gesellschaft um sich haben und so auch mehr Personal brauchen.«

»Heißt das, daß Sie und Ihre Frau gehen wollen?«

»Wenn Sie es nicht anders wünschen«, sagte Barrymore fest.

»Aber Ihre Familie steht doch schon seit mehreren Generationen im Dienst der Baskervilles, wenn ich nicht irre. Wieso sollte ich ein Interesse daran haben, dieses Band guter Tradition zu zerschneiden und Sie zu entlassen? Wäre das nicht ein schlechter Gebrauch, den ich von meinem Erbe mache, unwürdig des letzten Sprosses eines alten Geschlechts?«

Barrymores Gesicht und Stimme verrieten einige Rührung. »Sir, ich weiß Ihre Freundlichkeit und Anteilnahme wohl zu schätzen. Und seien Sie sicher, daß auch ich mir bewußt bin, welche Verpflichtungen mir daraus erwachsen, daß mein Vater und mein Großvater auf Schloß Baskerville dienen durften. Aber, um es offen und freimütig zu bekennen, meine Frau und ich hingen sehr an Sir Charles, und sein Tod hat uns tief getroffen. Für uns ist Schloß Baskerville nur noch ein verfluchter Ort der Trauer, wo wir des Lebens nicht mehr froh werden können.«

»Wollen Sie sich eine andere Stelle suchen?«

»Meine Frau und ich möchten völlig neu beginnen und irgendwo ein Geschäft eröffnen. Sir Charles' – Gott hab ihn selig – Großzügigkeit hat uns die Mittel dazu verschafft.«

»Nun, Barrymore, wenn Sie unbedingt gehen wollen, werde ich Sie nicht daran hindern, obwohl ich Sie ungern verlieren würde. – Gute Nacht!«

»Gute Nacht!«

»Lassen Sie uns auch schlafen gehen«, meinte Sir Henry zu mir. »Ich muß ehrlich sagen, so ganz froh bin ich meines Erbes im Moment nicht. Hier scheint alles und jeder verdreht. Nun, kommt Zeit, kommt Rat. Und vor allen Dingen kommt morgen ein neuer Tag. Dann sieht gewiß alles ganz anders – und besser aus.«

Bevor ich unter die Daunendecke kroch, trat ich noch einmal ans Fenster und zog den Vorhang zurück. Hinter dem Rasenplatz vorm Haus rauschten die Bäume im Wind. Durch die eilig dahinjagenden Wolken blitzte gelegentlich ein Schimmer des zunehmenden Mondes, so daß ich hinter den Bäumen das Moor mit seinen Felsklippen ahnen konnte. Es war allgegenwärtig. Ich zog die Vorhänge wieder zu und kroch ins Bett. Doch der Schlaf wollte sich nicht einstellen. Unruhig warf ich mich von einer Seite auf die andere, zählte jeden Glockenschlag, den der Wind von Grimpen herüberwehte. Im Haus war es totenstill. Nein – doch nicht! – Mit einem Mal drang ein Laut an mein Ohr: Unverkennbar das unterdrückte Schluchzen einer Frau. Ich richtete mich auf, um besser zu hören. Aber schon war das Weinen verstummt, und wieder lastete das Schweigen schwer auf Schloß Baskerville. Nur der Efeu vor dem Fenster flüsterte leise im Nachtwind.

Seltsame Zeitgenossen

Ein strahlend blauer Himmel begrüßte mich, als ich am nächsten Morgen die Augen aufschlug. Am Frühstückstisch dann umflutete uns angenehm wärmender Sonnenschein. Er brachte die Wappenscheiben in den hohen Bogenfenstern zum Glühen und warf ihre bunten Farben auf das warme, braune Holz der Wände. War das noch das Zimmer, das uns gestern abend zum fröstelnden Verstummen gebracht? Offensichtlich empfand Sir Henry ähnlich:

»Ich glaube, wir waren gestern einfach müde und durchgefroren nach der ewig langen Fahrt im offenen Wagen. Jetzt fühle ich mich so richtig wohl hier. Und Sie?«

»Es ist wirklich ein Unterschied wie zwischen Tag und Nacht. – Aber haben Sie gestern nacht das Weinen gehört?«

»Doch, ja«, stimmte Sir Henry zu. »Mir war im Einschlafen, als weinte irgendwo eine Frau. Aber nur ganz kurz oder ich bin gleich eingeschlafen.«

»Man hörte das Weinen wirklich nur ganz kurz. Trotzdem sollte man der Sache wohl nachgehen.«

»Da haben Sie recht, Dr. Watson. Am besten lassen wir gleich Barrymore kommen. Er müßte eigentlich wissen, was hier im Hause vorgeht.«

Er schellte kräftig. Barrymore erschien. Auf Sir Henrys Frage, ob er uns vielleicht sagen könne, wer da wohl und warum geweint habe, wurde er, so schien mir, noch blasser, als er ohnehin war.

»Es sind überhaupt nur zwei Frauen im Haus«, sagte er. »Eine

Magd und meine Frau. Die Magd schläft allerdings im entgegengesetzten Flügel, und meine Frau hat ganz bestimmt nicht geweint.«

Doch als ich wenig später seiner Frau, einer großen Person mit groben Gesichtszügen, begegnete, sah ich in einem Moment, da ihr das Licht voll ins Gesicht schien, daß die Augenlider rot und geschwollen waren. Also mußte doch sie es gewesen sein, die geweint hatte, und Barrymore hatte gelogen. Aber warum? Seine Rolle in dieser Geschichte war überhaupt reichlich undurchsichtig. Er war der einzige Zeuge für die Vorgänge am Abend von Sir Charles' Tod. Dann war wieder er es, der den Toten fand. Dann behauptete er, es im Schloß nicht mehr aushalten zu können – ein Zeichen seines schlechten Gewissens? Und hatte seine Frau deshalb geweint? Hatte vielleicht doch er im Wagen auf der Regent Street gesessen? Der Bart jedenfalls stimmte. Daß der Kutscher von einem mittelgroßen Mann gesprochen hatte, besagte nicht viel. Wer von uns hätte sich nicht schon mal bei einer Größenangabe verschätzt?

Da war allerdings Barrymores Antwort auf das Telegramm. Wenn er sie wirklich selbst aufgegeben hatte, dann konnte er nicht in London gewesen sein. Doch halt, den Punkt konnte ich selbst nachprüfen, ich brauchte ja nur nach Grimpen zur Post zu gehen und zu fragen, wer das Telegramm in Empfang genommen und wer das Antworttelegramm aufgegeben hatte. – War das logisch? Ja, diese Gedankenkette hätte sicher den Beifall meines Freundes gefunden. Ach was, sie hätte direkt von ihm stammen können. –

Also schaute ich, was Sir Henry vorhatte. Und da er zuhause bleiben wollte, um die Massen Papier durchzusehen, die sich seit Sir Charles' Tod angesammelt hatten, nahm ich Hut und Stock und machte mich gleich auf den Weg. Es war ein angenehmer Spaziergang. Nach Grimpen lief man bequem in etwa eineinhalb Stunden, immer am Moor entlang. Das Dorf bestand aus einer Ansammlung niederer, altersgrauer Hütten. Nur zwei Gebäude ragten heraus: Das Wirtshaus – und das zweite gehörte sicher Dr. Mortimer.

Der Postmeister, zugleich auch Besitzer des einzigen kleinen

Kramladens erinnerte sich noch deutlich an das Telegramm:
»Ja, das habe ich Barrymore zugestellt.«
»Haben Sie es ihm selbst gegeben?«
»Nein, mein Sohn hier. James, komm doch mal her! Du hast doch am letzten Mittwoch Mr. Barrymore ein Telegramm gebracht?«
»Ja, Vater.«
»Ihm persönlich?« fragte ich.
»Nee, B... – Mr. Barrymore war nämlich gerade auf dem Dachboden. Da hab ich es seiner Frau gegeben.«
»Barrymore selbst hast du also nicht gesehen?«
»Nee, ich sag doch, der war gerade nicht da!«
»Seine Frau wird ihn schon gefunden haben«, sagte der Postmeister mürrisch. Meine Fragerei ging ihm sichtlich auf die Nerven. »Schließlich hat er ja gleich zurücktelegraphiert.«
»Er hat dir die Antwort also selbst in die Hand gedrückt?«
»Nee, seine Frau hatte gesagt, ich solle warten. Und nach einer Weile kam sie dann mit der Antwort.«
»Danke.« Ich gab auf. »Hier fünf Schilling für die Auskunft.«
Die beiden schauten mir noch lange nach, wie es schien verzweifelt bemüht, den seltsamen Londoner mit seinen noch seltsameren Fragen zu verstehen.
Eins war jetzt jedenfalls klar. Es gab keinen zweifelsfreien Beweis dafür, daß Barrymore nicht doch vergangenen Dienstag und Mittwoch Sir Henry in London beschattet hatte. Aber was bezweckte er damit? War er vielleicht nur das Werkzeug eines anderen?
Halt, da war doch der Brief mit der Warnung. Wie, wenn Barrymore ihn geschrieben hatte? Vielleicht aus Anhänglichkeit an die Familie. Und wenn da jemand war, der ihn aus mir unbekannten Gründen in der Hand hatte, dann konnte er seine Warnung ja nicht offen aussprechen. Was hatte Barrymore davon, wenn Sir Henry Schloß Baskerville nicht bezog? Auf Dauer nur den Vorteil, keine Befehle entgegennehmen zu müssen. Und den Zustand erreichte er auch, wenn er selber fortging. Vielleicht war das überhaupt der eigentliche Grund dafür, daß er von den Baskervilles wegwollte!

Also ich kam nicht dahinter. Hoffentlich konnte sich Holmes bald von seinen Geschäften in London losreißen und herkommen. Er würde bestimmt sehr schnell wissen, was wirklich von Barrymore zu halten war.
»So nachdenklich, Dr. Watson?«
Ich fuhr herum, denn ich hatte niemand kommen hören und auch nicht erwartet, hier am Moor, noch dazu am Sonntag, jemandem zu begegnen. Vor mir stand freundlich lächelnd ein etwa dreißig bis vierzig Jahre alter, hagerer, relativ kleiner Mann, die eingefallenen Wangen glatt rasiert, bekleidet mit einem grauen Anzug, auf dem Kopf einen Strohhut, unter dem ihm das flachsblonde Haar in die Stirn fiel. Über seiner Schulter hing eine Botanisiertrommel, und in der Hand hielt er ein grünes Schmetterlingsnetz.
»Es täte mir leid, wenn ich Sie erschreckt haben sollte, Dr. Watson. Aber wir Leute im Moor machen nicht viel Umschweife und uns gleich selbst mit den wenigen Fremden bekannt, die sich hierher verirren. Vielleicht haben Sie meinen Namen schon von Dr. Mortimer gehört: Ich bin Stapleton von Merripit House.«
»Das dachte ich mir. Die Ausrüstung verrät den Naturforscher. Und nach Dr. Mortimer gibt es im Moor nur einen von dieser Sorte. Aber woher kennen Sie mich?«
»Ach, als ich vorhin mit Dr. Mortimer plauderte, sahen wir Sie vorbeigehen. Ich habe – in begreiflicher Neugier« – er lächelte entschuldigend – »den Doktor gleich gefragt, ob er wüßte, wer Sie sind. Und dann dachte ich mir, nimmst die Gelegenheit wahr, Dr. Watson gleich persönlich kennenzulernen. – Dr. Mortimer hat mir erzählt, daß Sie mit Sir Henry kamen. Wie geht es ihm?«
»Gut! Er fühlt sich recht wohl auf Schloß Baskerville.«
»Das ist schön. Wir alle hier waren nämlich ein bißchen in Sorge, ob der neue Baronet nicht vielleicht doch London der Einsamkeit des Moores vorzieht. Es ist von einem jungen Mann mit Geld viel verlangt, sich hier lebendig begraben zu lassen. Aber ich brauche wohl nicht zu betonen, wieviel Arbeit in Baskerville auf ihn wartet, wenn er in die Fußstapfen seines On-

kels treten will, der soviel für diese Gegend getan hat. – Wirklich, ich hätte ihm einen schöneren Tod gewünscht. Es gab schon einiges Gerede.«

»Was für Gerede?«

»Sie kennen doch das abergläubische Volk. Na ja, da wird viel gemunkelt von einem Familienfluch und von einer feurigen Bestie und was so abergläubisches Geschwätz mehr ist.«

»Ja, jetzt erinnere ich mich, Dr. Mortimer hat etwas in dieser Richtung erwähnt.«

»Leider hat auch Sir Charles allzusehr an diesen Unsinn geglaubt. Und ich meine sogar, daß da die Ursache für seinen plötzlichen Tod liegen könnte.«

»Wieso denn?« – Das war ja wirklich interessant, was dieser Stapleton da erzählte. Er schien ausgezeichnet unterrichtet.

»Nun, Sir Charles hatte sich in die Vorstellung hineingesteigert, vom Fluch der Baskervilles verfolgt zu sein, wobei weder mir noch Dr. Mortimer je klar wurde, warum? Vielleicht gab es da etwas in seiner Vergangenheit, was er glaubte bereuen zu müssen. – Aber das ist eine müßige Spekulation. Jedenfalls kann bei einem psychisch so labilen Menschen der geringste Anlaß zu einer Krise führen. Hier im Moor wildert schon einmal ein Hund. Ich vermute stark, daß ihm in jener Nacht zufällig so ein Köter über den Weg lief. Na ja, und dann verlor er den Kopf, und das war dann für sein angegriffenes Herz einfach zuviel.«

»Sir Charles war herzkrank?«

»Es stand in der Zeitung, und Dr. Mortimer hat es mir bestätigt.«

»Glauben Sie wirklich, daß ein Hund Sir Charles so aufgeregt haben könnte, daß er starb?«

»Haben Sie eine andere Erklärung, Dr. Watson?«

»Tja, ich weiß nicht . . .«

»Was sagt denn Sherlock Holmes zu der Geschichte?«

Dieser Stapleton wurde mir langsam unheimlich.

»Wieso? Wer? Wie kommen Sie auf Sherlock Holmes?«

»Aber Dr. Watson«, lächelte Stapleton, »sogar wir Hinterwäldler von Dartmoor haben inzwischen von Sherlock Holmes und seinem Biographen und Freund Dr. Watson gehört. Sie sind es doch, der unermüdlich Sherlock Holmes' Genie rühmt. Dr. Mortimer jedenfalls hat mir nicht nur Ihren Namen genannt, sondern auch bestätigt, daß Sie ›der Watson‹ sind. Tauchen also Sie in unserer Gegend auf, verwette ich meinen Kopf, daß Sherlock Holmes sich für Sir Charles' Tod interessiert.«

Er hatte mich in die Enge getrieben. Aber was konnte es eigentlich schaden, wenn ich zugab, daß Holmes Interesse gezeigt hat? Vielleicht brachte das Stapleton noch ein bißchen mehr zum reden?

»Ein gewisses Interesse seitens Mr. Sherlock Holmes muß ich einräumen.«

»Was sagt er denn dazu? Kommt er selbst her? Großartig, dann können wir ihn persönlich kennenlernen!«

»Langsam, langsam, Mr. Stapleton. Sherlock Holmes hat Wichtigeres zu tun. Zur Zeit haben wir da einige Fälle laufen ...«

»Aber Sherlock Holmes wird sich doch sicher eine Meinung über die Vorkommnisse auf Schloß Baskerville und im Moor gebildet haben!?«

Der war vielleicht hartnäckig!

»Eine Meinung sicher. Nur hat er sie mir nicht mitgeteilt!«

»Schade! Aber dann sollen sicher Sie der Sache nachgehen? Ich helfe Ihnen gern dabei. Schließlich kenne ich mich hier gut aus. In welche Richtung gehen denn Ihre Vermutungen?«

War er nur naiv oder wollte er mich aushorchen? Hatte nicht Mortimer erzählt, daß Stapleton freundschaftlich beim Baronet verkehrt hatte? Nein, nein, alter Junge – Vorsicht!

»Ich bin tatsächlich ganz ohne bestimmte Absicht hierher gekommen. Mein Freund, Sir Henry, hat mich eingeladen. Wobei also sollten Sie mir helfen?«

Stapleton verzog keine Miene: »Entschuldigung, Dr. Watson, ich wollte nicht aufdringlich erscheinen. Die Begeisterung für die beiden berühmtesten lebenden Detektive ging mit mir durch. Und Detektive müssen ja vorsichtig und vor allem verschwiegen sein.«

Also dieser Kerl mußte doch immer das letzte Wort haben. – Wir hatten inzwischen eine Stelle erreicht, wo ein schmaler Fußweg von der Straße weg in Schlangenlinien ins Moor führte. Rechts davon erhob sich einer der mit Felsblöcken übersäten häßlichen Hügel. Man hatte ihn, wie der tiefe Einschnitt bekundete, offensichtlich über Jahrzehnte oder gar Jahrhunderte als Steinbruch benutzt. Von der Stelle, wo wir standen, blickte man direkt auf die steile Abbauwand mit ihren dunklen Höhlen und Spalten, aus denen Farne und Brombeeren nickten. In einiger Entfernung kräuselte sich eine Rauchfahne vor dem hellen Blau des Herbsthimmels.
»Ein kurzer Spaziergang bringt uns auf diesem Pfad direkt nach Merripit House«, sagte Stapleton. »Kommen Sie doch mit. Meine Schwester wird sich freuen, Sie kennenzulernen.«
Ich wollte automatisch ablehnen, aber dann dachte ich, daß Sir Henry ja doch bloß mit seinen Rechnungen und sonstigen Papieren beschäftigt war. Außerdem sollte ich ja die Nachbarn unter die Lupe nehmen, das hatte mir Sherlock Holmes ausdrücklich aufgetragen. Also nahm ich die Einladung an.
»Ich liebe das Moor«, setzte Stapleton das Gespräch fort. »Jeden Tag hat es ein anderes Gesicht.«
Er ließ den Blick über die endlose braungrüne Fläche mit ihren bizarren, zerklüfteten Granitkuppen schweifen.
»Das Moor ist nie langweilig. Sie können sich kaum vorstellen, wie viele Geheimnisse diese große Leere birgt.«
»Sie kennen das Moor?«
»Ausgezeichnet. Ich bin zwar erst seit zwei Jahren hier und in den Augen der Einheimischen ein grüner Neuling. Aber meine naturwissenschaftlichen Interessen ließen mich in diesen zwei Jahren jedes Fleckchen der Gegend gründlichst erforschen. Es gibt wohl nur wenige, die das Moor besser kennen als ich.«
»Es ist sicher nicht ganz einfach, sich hier zurechtzufinden?«
»Das kann man wohl sagen. Sehen Sie die kräftig grünen Flächen dort hinten?«
»Ja, scheint eine Art saftiger Rasen zu sein. Da möchte man mit einem feurigen Roß unter dem Hintern darüber hinweggaloppieren.«

»Das allerdings würde ich Ihnen nicht empfehlen«, lachte Stapleton. »Diese grünen Flächen sind nämlich das große Grimpener Moor. Erst gestern wars, daß ich sah, wie ein Pony hineingeriet. Es versuchte verzweifelt, sich zu befreien. Vergeblich! Schließlich als gerade noch der Kopf herausschaute, ergab es sich in sein Schicksal. Und kaum eine Minute später zeugte nur noch brauner Morast auf der trügerischen grünen Decke von dem Drama, das sich vor meinen Blicken abgespielt hatte. Sogar in der trockenen Jahreszeit ist das Moor nicht ungefährlich. Aber jetzt, nach den ersten Herbstregen, ist es geradezu teuflisch. Ich bin vielleicht der einzige, der dann noch seinen Weg hindurch findet.«
»Sie wagen sich wirklich da hinein?«
»Ja, ich habe ein paar Wege ausgekundschaftet, die zu allen Jahreszeiten für einen furchtlosen Mann begehbar sind.«
»Aber wozu denn?«
»Das ist, ich gebe es ja gerne zu, Mr. Watson, für einen Normalmenschen nicht so ohne weiteres verständlich. Sehen Sie da überall diese Felskuppen?«
»Ja, natürlich.«
»Von allen Seiten vom Moor umgeben sind sie ideale Rückzugsgebiete für allerlei seltenes Getier und ebenso seltene Pflanzen, also das reinste Paradies für einen Naturliebhaber wie mich.«
»Oh, das muß ich mir einmal anschauen!«
»Bloß nicht!«
Stapleton schien sehr erschrocken. Und nach einem leichten Zögern sagte er: »Ich müßte mir ja ewig Vorwürfe machen, wenn Ihnen dabei etwas passieren würde. Wissen Sie, beschreiben kann man den Weg unmöglich. Auch ist immer damit zu rechnen, daß sich die Verhältnisse geändert haben. – Aber ich nehme Sie natürlich gerne einmal mit.«
»Danke ... nanu, was ist denn das?«
Von weit her, wie mir schien, hörte man ein Bellen, das sich zu einem mächtigen Heulen steigerte und schließlich lang nachhallend wieder erstarb. Es war überall um uns, die Richtung, aus der es kam, war nicht auszumachen.

»Das ist nicht das erste Mal, daß ich dieses Heulen höre, allerdings bisher noch nie so laut«, sagte Stapleton und schaute mich aufmerksam an. Ich schauderte, meine Nackenhaare schienen sich zu sträuben, denn erneut klang das bellende Heulen auf.

»Die Leute hier sagen, das sei der Hund, der die Baskervilles verfolgt. Er soll immer dann Laut geben, wenn er eine neue Beute verfolgt.«

»Glauben Sie denn das? Sie sind doch ein naturwissenschaftlich gebildeter Mann!«

»Ach, wissen Sie, das Moor steckt voller seltsamer Geräusche. Da gibt es Löcher, die schmatzen und gurgeln und stöhnen. Und der Wind produziert in den Felsen die verrücktesten Töne.«

»Also ich möchte schwören, diese Töne hat ein lebendes Wesen erzeugt.«

»Das kann natürlich auch sein. Man muß hier damit rechnen, daß Laute verstärkt und total verzerrt werden. Es könnte beispielsweise eine Rohrdommel gewesen sein, die schrie. Sie ist leider sehr selten geworden.«

»Noch nicht einmal in Indien habe ich etwas so Unheimliches gehört.«

»Das will ich Ihnen gerne glauben«, nickte Stapleton verständnisvoll. »Es gibt noch mehr Besonderheiten hier. Zum Beispiel diese grauen Steinwälle – Sie können sie da drüben am Hügel recht gut erkennen.«

»Sind das Schafhürden?«

»Keineswegs. Das sind die Reste einer Siedlung aus der Bronzezeit. Hier gab es nämlich Zinn. Das war damals fast so teuer wie Gold. Da lohnte es sich schon, an einem so trostlosen Flekken Erde zu wohnen und zu arbeiten. Ja, man möchte es kaum glauben, das Moor ist schon ganz erstaunlich lange besiedelt. – Oh, entschuldigen Sie mich einen Augenblick, den Burschen muß ich haben, der fehlt mir noch in meiner Sammlung.«

Mit unglaublicher Schnelligkeit hatte er seine Botanisiertrommel abgestreift und lief mit gezücktem Netz hinter dem Falter her, der aufs Moor zuflatterte. Das beeindruckte aber Mr. Stapleton nicht im geringsten. Während mir die Haare zu Berge standen, hüpfte er fröhlich, behend und unglaublich sicher von Grasbüschel zu Grasbüschel. Gebannt schaute ich ihm zu und erwartete so halb, daß er jeden Moment ausrutschen und auf den trügerischen braunen Teppich geraten könnte. Was sollte ich dann bloß tun?

Da spürte ich eine leichte Berührung am Ellbogen, und an mein Ohr ertönte ein fast gehauchtes »Hallo!« Ich drehte mich um. Vor mir stand eine junge Frau. Sie mußte wohl von dort gekommen sein, wo, der Rauchsäule nach zu urteilen, Merripit House lag. Ich rekapitulierte blitzschnell die nach Angabe von Dr. Mortimer und Sherlock Holmes hier wohnenden Damen. War das vielleicht Stapletons Schwester? Ohne Zweifel, sie war's.

Und sie war wirklich hübsch, nein, sie war eine Schönheit: schlank, groß und elegant. Das Gesicht feingeschnitten und regelmäßig, die Haare glänzend kastanienbraun. Dazu lebhafte, ebenso dunkelbraune Augen und volle, sinnliche Lippen. Die Figur tadellos, die Kleidung mit viel Geschmack ausgewählt, wahrlich ein recht seltsamer Anblick in dieser tristen Umgebung. Ich lüftete den Hut und setzte zu einem Gruß an. Doch sie ließ mich gar nicht zu Wort kommen:

»Reisen Sie ab«, sagte sie leise und beschwörend. »Gehen Sie so schnell wie möglich wieder nach London!«

Ich war so verblüfft, daß ich kein Wort herausbrachte.

»So begreifen Sie doch. Ich kann es Ihnen nicht näher erklären!«

Sie hatte eine tiefe, angenehme Stimme, sprach aber mit leichtem Akzent.

»Warum soll ich denn gleich wieder nach London fahren? Ich bin doch gerade eben erst angekommen!«

»Ich bitte Sie flehentlich«, sagte sie und hob die Hand, wie um mich am Arm zu fassen. »Es ist zu Ihrem eigenen Besten. Ich muß Sie warnen. Kommen Sie nie wieder hierher aufs Moor. Bleiben Sie keine Nacht länger, fahren Sie noch heute, hören Sie, noch heute zurück nach London. Pst, da kommt mein Bruder. Kein Wort zu ihm!«

Und dann mit normal lauter Stimme: »Nicht alle Orchideen blühen an unzugänglichen Stellen. Dort, hinter Ihnen beispielsweise, steht auch eine. Schade, daß Sie so spät im Jahr gekommen sind. Der Blütenflor ist im Frühling und Frühsommer natürlich viel reicher.«
Inzwischen war Stapleton mit rotem Gesicht und noch schnaufend von der Jagd herangekommen.
»Sieh an, Beryl!«
Sehr begeistert klang das nicht.
»Na, Jack, warst du mal wieder hinter einem Schmetterling her? Hast du Glück gehabt?«
»Nein, leider nicht. Aber irgendwann einmal kriege ich einen von den Burschen schon noch.«
Sein Mißerfolg schien ihn kalt zu lassen. Offensichtlich machte er sich sehr viel mehr Gedanken über Beryl und mich, denn seine hellen Augen wanderten, fast mißtrauisch, wie mir schien, zwischen ihr und mir hin und her.
»Du hast dich schon selbst bekannt gemacht, wie ich sehe«, fuhr er fort.
»Ja, ich sagte gerade zu Sir Henry, daß er um diese Jahreszeit im Moor kaum noch Blüten finden wird.«
»Aber das ist doch nicht Sir Henry!« rief Stapleton.
Und ich ergänzte: »Ich bin ein ganz normaler Sterblicher, ich bin Dr. Watson, aus London.«
Ein Anflug von Ärger huschte über ihr ausdrucksvolles Gesicht. Doch dann lachte sie: »Und ich hielt Sie die ganze Zeit für Sir Henry Baskerville!«
»Viel Zeit kann das nicht gewesen sein.« Stapleton bedachte seine Schwester mit einem sonderbaren Blick. Sie aber fuhr fröhlich fort:
»Bestimmt kommen Sie mit nach Merripit House, Dr. Watson? Ach bitte!«
»Die Bitte ist längst gewährt«, lächelte ich. »Wir waren schon auf dem Wege zu Ihnen.«
Mit seinen kahlen, abweisenden Mauern paßte Merripit House so ganz in die triste Umgebung. In vergangenen Tagen offensichtlich Wohnsitz eines wohlhabenden Bauern und Viehzüch-

ters, war es inzwischen modernisiert. Es lag in einem großen Obstgarten mit den fürs Moor typischen, verkrüppelten Bäumen voller toter Äste. Dazu paßte dann auch der zusammengeschrumpfte, schlampig gekleidete alte Diener, der uns die Tür öffnete. Die Zimmer allerdings erwiesen sich im Zuschnitt als überraschend großzügig. Sie waren mit Geschmack allem Anschein nach von Beryl Stapleton eingerichtet.
Was mochte wohl einen offensichtlich gebildeten Mann und eine schöne, geistig anspruchsvolle Frau in diese Einöde verschlagen haben, dachte ich beim Blick aus dem Fenster, der nichts anderes als das braune, mit Granitbrocken gesprenkelte Moor zeigte.
»Kein sehr anheimelnder Fleck, um sich hier niederzulassen, nicht wahr?« sagte Stapleton, der meinen Blicken gefolgt war. »Aber wir fühlen uns hier recht wohl. Beryl wird es bestätigen.«
Sie nickte: »Doch ja, durchaus. Ich bin recht zufrieden.«
Sehr überzeugend klang das nicht.
»Ich leitete im Norden eine Privatschule«, fuhr Stapleton fort. »Trotz aller geisttötender täglicher Routine war ich dort glücklich, denn ich konnte jungen, formbaren Menschen die Ideale vermitteln, an die ich glaubte. Doch das Schicksal war gegen uns, wollte es anders. Eine Epidemie brach aus, drei Schüler starben. Von dem Schlag hat sich die Schule nie mehr erholt. Zu geringe Schülerzahlen zwangen mich, das Kapital anzugreifen und schließlich das Handtuch zu werfen.
Der Umgang mit jungen Menschen fehlt mir. Trotzdem kann ich mich im Grunde nur glücklich schätzen, daß alles so gekommen ist. Es gibt kaum ein idealeres Fleckchen Erde für einen Naturliebhaber wie mich. Wo sonst könnte ich so sehr meinen Interessen – fast ist es eine Besessenheit – an Pflanzen und Tieren frönen? Glücklicherweise teilt meine Schwester dieses Interesse.
Aber verzeihen Sie, Dr. Watson, meinen langen Monolog, den Ihr nachdenklicher Blick aus dem Fenster ausgelöst hat.«
Sein Lächeln bat um Nachsicht.
»Ich überlegte tatsächlich, daß es hier kaum geistige Anregun-

gen geben dürfte. Das mag weniger für Sie, aber sicher für Ihre Schwester ein Problem sein.«
»Sie unterschätzen mich, Dr. Watson«, kam prompt die Antwort von Beryl.
Und ihr Bruder fuhr fort: »Wir wissen uns wohl zu beschäftigen. Schließlich gibt es Bücher, und außerdem haben wir unsere speziellen Studien. Vergessen Sie auch nicht die Nachbarn. Dr. Mortimer zum Beispiel ist ja nun ein wirklich gebildeter Mann. Auch Sir Charles war ein ausgezeichneter Gesprächspartner. Wir kannten ihn gut. Seine Gesellschaft fehlt uns sehr. Was meinen Sie, würde ein Antrittsbesuch bei Sir Henry heute nachmittag sehr ungelegen kommen?«
»Sicherlich nicht.«
»Fein, dann schaue ich heute nachmittag vorbei, und Sie sind so gut, meinen Besuch bei Sir Henry anzukündigen. Vielleicht kann ich ein klein wenig dazu beitragen, daß er sich schneller bei uns auf dem Moor einlebt. – Darf ich Ihnen meine Schmetterlingssammlung zeigen? Sie werden im Südwesten Englands keine größere und vollständigere finden. In der Zwischenzeit ist dann auch das Essen fertig.«
Doch ich lehnte höflich ab. Erstens hatte ich Sir Henry schon viel zu lange allein gelassen, und zweitens schlug mir die Tristesse des Moores doch allmählich aufs Gemüt. Dazu kam jenes eigenartige Geheul, das mich allzusehr an die böse Geschichte von Sir Charles' Tod erinnerte. Vor allem machte mir Beryl Stapletons Warnung zu schaffen, die nicht eindringlicher hätte sein können. So verabschiedete ich mich und machte mich auf den Rückweg.
Daß es noch einen weiteren Weg zurück zur Straße geben mußte, merkte ich, als ich die Bodenwelle, die Merripit House den Blicken von der Straße her verbarg, erklommen hatte. Denn da saß auf einem Stein Beryl Stapleton. Sie atmete heftig, ihre Wangen waren gerötet.
»Ich bin gerannt, um Sie noch kurz unter vier Augen zu sprechen. Es tut mir leid, daß ich Sie für Sir Henry hielt. Bitte vergessen Sie meine Worte. Sie hatten mit Ihnen überhaupt nichts zu tun!«

»Ja, aber doch wohl mit Sir Henry. Warum soll er eigentlich sofort nach London zurückkehren?«
»Ach, nehmen Sie das doch nicht so ernst. Es war – so eine verrückte Idee von mir. Ich habe eine lebhafte Fantasie und träume manchmal mit offenen Augen. Und dann steigere ich mich so in meine Einbildung hinein, daß ich Traum und Realität verwechsle.«
»Nach Traum klang das aber nicht, was Sie mir sagten, und Ihr Blick wirkte gar nicht träumerisch, Fräulein Stapleton. Bitte seien Sie ehrlich. Ich bin sicherlich nicht weniger fantasiebegabt und spüre, seit ich hier bin, daß im Moor etwas Böses lauert. Wenn Sie wirklich an Sir Henry Anteil nehmen, dann sagen Sie offen, was Ihre Warnung zu bedeuten hatte.«
Meine Worte schienen Eindruck zu machen, denn sie schaute mich unentschlossen an, schien sprechen zu wollen. – Doch dann erstarrte ihr Gesicht zur Maske, und sie entgegnete kühl: »Sie messen meinen Worten zu große Bedeutung bei. Sir Charles' Tod ging meinem Bruder und mir sehr nah, denn wir hatten den Baronet sehr gern. Er glaubte an den Familienfluch und starb schließlich unter einigermaßen seltsamen Umständen. Mein Unterbewußtsein muß diese beiden Tatsachen in Zusammenhang gebracht haben. Daraus entstand dann wohl die Vorstellung, ich müßte alle Angehörigen des Geschlechts der Baskerville vor dem Moor warnen. Sie sehen«, dabei lächelte sie mühsam, »ich habe wirklich zu viel Fantasie und zu wenig Kontrolle darüber.«
»Aber irgendeinen realen Hintergrund muß es doch geben!«
»Nun, ich sagte doch, der Familienfluch. Kennen Sie nicht die Geschichte vom Hund der Baskervilles?«
»Wer glaubt denn an so einen Unsinn!«
»Sie nicht, aber ich! Und wenn Sie nur ein bißchen Einfluß auf Sir Henry haben, dann bringen Sie ihn dazu, den Ort zu verlassen, der für die Baskervilles stets so verhängnisvoll war. Warum muß er denn unbedingt hier leben wollen.«
»Fräulein Stapleton, ich fürchte, auf eine so vage Geschichte hin wird Sir Henry wohl kaum zu bewegen sein, Schloß Baskerville zu verlassen.«

»Nun, dann soll das Schicksal seinen Lauf nehmen.« Sie erhob sich.
»Halt, eine Frage noch: Warum sind Sie eigentlich so ängstlich darauf bedacht, Ihren Bruder nichts von Ihrer Warnung hören zu lassen?«
»Meinem Bruder liegt viel daran, daß das Schloß von seinem Besitzer bewohnt wird. Er meint, nur dann könnten die Bewohner dieser Gegend davon profitieren. So war das ja auch bei Sir Charles. Jack wäre also wohl mit Recht ungehalten, wenn ich mit meinen unbestimmten Ängsten Sir Henry von hier vertreibe. – Doch ich muß jetzt nach Hause. Leben Sie wohl, Dr. Watson!«
Sie drehte sich um, eilte davon und war binnen kurzem hinter der Bodenwelle verschwunden. Ich aber setzte meinen Weg nach Schloß Baskerville fort, einigermaßen nachdenklich über das reichlich sonderbare Verhalten der jungen Dame.

Watson schreibt an Sherlock Holmes

Ich schalte hier den Text eines Briefes ein, den ich am dreizehnten Oktober an Sherlock Holmes schrieb. Er ist sicher besser geeignet, die Stimmung jener Tage wiederzugeben, als mir das aus meiner Erinnerung heute möglich wäre:

Mein lieber Holmes,
je länger ich auf Schloß Baskerville bin, desto mehr schlägt mir diese trübselige Gegend aufs Gemüt. Dabei muß es unseren Vorfahren recht gut hier im Moor gefallen haben, nach der Menge der Spuren zu urteilen, die sie hinterlassen haben. Alle naselang stolpert man über irgendwelche Reste, zum Beispiel ihrer Behausungen oder über Löcher und Gruben, die sie auf ihrer Suche nach Zinn hinterlassen haben. Das Dumme ist, daß man sie kaum sieht, denn sie sind von Gras und Gebüsch überwuchert. Stapleton findet alles wahnsinnig interessant. Immer wieder malt er mir in beredten Worten das Leben aus, das unsere Vorfahren hier geführt haben mögen. Aber ich bin nun mal kein in Felle gehüllter Wilder. Ich vermisse London mit seinen geistigen Genüssen sehr.
Die letzten Tage passierte rein gar nichts. Die Aufregung wegen des aus Princetown entsprungenen Mörders hat sich gelegt. In den zwei Wochen seit seiner Flucht hat niemand auch nur das Geringste von ihm gehört oder gesehen. Er muß sich wohl woandershin verzogen haben. Und wenn er sich wider Erwarten doch noch im Moor verbergen sollte, wir hier im Schloß brauchen ihn wohl kaum zu fürchten. Schließlich sind

wir vier gesunde kräftige Männer – ja, auch ich zähle mich zu den gesunden und kräftigen Männern – und sollten sogar mit dem Mörder Selden fertig werden können.

Anders sieht das mit den Stapletons aus. Merripit House liegt doch sehr einsam. Stapleton selbst und der alte Diener, von dem ich Ihnen ja schrieb, wären im Ernstfall einem zu allem entschlossenen Eindringling wohl kaum gewachsen. Sir Henry, mit dem ich das Problem ausführlich erörterte, wollte gleich Perkins, den Stallknecht, auf unbestimmte Zeit nach Merripit House schicken. Doch Stapleton lehnte energisch ab.

Er ist überhaupt ein eigenartiger Mensch. Nach außen wirkt er kühl und verstandesbetont, fast gefühlsarm. Und doch glüht tief in seinen Augen ein wildes Feuer. Mir will scheinen, als stünde ein Vulkan der Leidenschaft vor dem Ausbruch. Jack Stapleton wäre für Sie ein hochinteressantes Studienobjekt.

Beryl Stapleton, seine Schwester, ist so ganz anders. Von einer Familienähnlichkeit zwischen den beiden kann keinerlei Rede sein, weder im Äußeren noch im Charakter. Je länger ich Beryl kenne, um so mehr bezaubert sie mich – und Sir Henry offensichtlich auch. Er lernte sie schon am zweiten Tag seines Aufenthaltes hier, Montag war's, kennen. Jack Stapleton hatte dem Baronet noch am Sonntag seine Aufwartung gemacht und uns dann zu dem Platz geführt, wo der Sage nach Hugo Baskerville ums Leben gekommen war. Interessant war dabei, daß Sir Henry sich – vordergründig wie ich meine – über die Familiensage lustig machte. Stapleton dagegen ließ durchblicken, daß vielleicht doch etwas an der Geschichte dran sein könnte.

Auf dem Rückweg folgten wir dann seiner Einladung zum Essen nach Merripit House. Beryl Stapleton und Sir Henry waren sich offensichtlich auf Anhieb sympathisch. Es war schon lustig, wie Sir Henry auf dem Rückweg von der jungen Dame schwärmte.

Seitdem ist kaum ein Tag vergangen, an dem wir die Stapletons nicht getroffen hätten. Heute erwarten wir die beiden beispielsweise zum Abendbrot, und die Gegeneinladung für die nächste Woche steht auch schon fest.

Jack Stapleton allerdings scheint die sich anbahnende Liebesgeschichte nicht gern zu sehen. So schätzt er es überhaupt nicht, wenn Sir Henry Beryl Komplimente macht. Er ist nach Kräften bemüht, die beiden nie unter vier Augen allein zu lassen. Dabei scheint zwischen Bruder und Schwester nicht alles zum besten zu stehen. Manchmal habe ich den Eindruck, daß sie sich vor ihm fürchtet. Er aber springt, glaubt er sich unbeobachtet, ganz schön barsch mit seiner Schwester um.

Sie haben mir aufgetragen, Sir Henry nie allein ausgehen zu lassen. Wie ich das machen soll, wenn er sich zu einem Schäferstündchen mit Beryl verabredet, ist mir völlig schleierhaft. Sie werden wohl kaum verlangen wollen, daß ich als Gentleman da meine Nase hineinstecke.

Vergangenen Donnerstag nahm sich Dr. Mortimer die Zeit, uns und den Stapletons an Ort und Stelle die Vorgänge in der Nacht von Sir Charles' Tod zu erläutern. Neues kam dabei nicht heraus. Stapleton war sehr erstaunt, als er von den Hundespuren erfuhr. Er wußte tatsächlich noch nichts davon, fand aber auch keine überzeugende Erklärung dafür. Er meinte ganz richtig, wie mir scheint, daß der Hund doch auch schon am frühen Abend oder sogar während des Tages durch die Eibenallee gelaufen sein könnte.

Kennengelernt habe ich Mr. Frankland von Lafter Hall. Das Haus liegt etwa sechseinhalb Kilometer weit von Schloß Baskerville entfernt. Frankland ist ein echtes Original. Stellen Sie sich einen etwa siebzig Jahre alten Herrn vor, mit vollem, rotem Gesicht, weißem Haar und aufbrausendem Temperament. Sein ganzes Vergnügen ist Prozessieren. Um Recht oder Unrecht geht es ihm gar nicht, nur um den Streit vor Gericht, wo er dann mit seinen juristischen Kenntnissen auftrumpft. Zur Zeit hat er die Kleinigkeit von sieben Prozessen laufen. Daß so etwas ins Geld geht, läßt sich leicht ausrechnen. Man munkelt, Frankland sei mit seinem Vermögen so ziemlich am Ende, werde wohl gar nicht alle Prozesse durchhalten können.

So im normalen Umgang ist er sehr freundlich und umgänglich, wenn auch nicht unbedingt sympathisch. Ich erwähne ihn eigentlich auch nur, weil Sie ja unbedingt über alle Nachbarn genauestens Bericht haben wollten.

Zur Zeit liegt er übrigens täglich stundenlang im Fenster und beobachtet durch ein starkes Fernrohr das Moor. Er bildet sich ein, er könne auf diese Weise den entsprungenen Sträfling und Mörder aufspüren. Jedenfalls bringt Mr. Frankland wenigstens ein bißchen Abwechslung in die Idylle unseres Landlebens.
Im Falle Sir Charles bzw. Sir Henry tut sich nichts. Barrymore verhält sich noch seltsamer als bisher. Daß er das Telegramm damals nicht selbst in Empfang genommen hatte, berichtete ich Ihnen ja schon. Gestern dann kam die Sache noch einmal zur Sprache. Sir Henry erfuhr durch eine zufällige Bemerkung von meinem Besuch beim Postmeister und dessen Ergebnis. Daraufhin ließ er sofort Barrymore antanzen. Das war mir keineswegs recht; schließlich mußte er ja nicht unbedingt wissen, daß er unter Verdacht stand. Sir Henry aber scherte das wenig.
Barrymore behauptete natürlich, das Telegramm erhalten zu haben. Sir Henry fragte ihn dann, ob er es persönlich in Empfang genommen habe. Barrymore war sehr überrascht und meinte nach einigem Nachdenken: Nein, er sei damals gerade auf dem Dachboden gewesen; seine Frau habe ihm das Telegramm gebracht. Und auf dem gleichen Wege sei dann auch die Antwort übermittelt worden.
Doch dann wurde er patzig: Was denn diese Frage zu bedeuten habe? Ob man ihm mißtraue? Er könne mit seiner Frau auch gleich gehen, wenn man ihn grundlos verdächtige! Er habe ein gutes Gewissen und so weiter. Sir Henry gelang es kaum, den aufgeregten Mann wieder einigermaßen zu beruhigen. Erst ein paar von Sir Henrys amerikanischen Klamotten, die er ja jetzt nicht mehr benötigt, konnten die Wogen wieder glätten.
Nach wie vor bin ich überzeugt, daß die Barrymores etwas zu verbergen haben. In der ersten Nacht auf dem Schloß hörte ich eine Frau weinen. Und seitdem sah ich mehr als einmal auf Frau Barrymores Gesicht Tränenspuren. Dabei dürfte sie von Natur aus kaum übermäßig sensibel sein. Irgend etwas quält diese recht derbe Puritanerin. Ist es ein schuldbeladenes Gewissen? Oder leidet sie unter ihrem Mann? Treibt vielleicht auch ihn das Gewissen um?

Vergangene Nacht nämlich, gegen zwei Uhr morgens, wachte ich vom Geräusch verstohlener Schritte vor meinem Zimmer auf. Ich sprang aus dem Bett, lief zur Tür, öffnete sie vorsichtig einen Spalt und sah gerade noch hinten im Korridor eine lange schwarze Gestalt mit einer Kerze in der Hand in einem Raum verschwinden, der, soweit ich wußte, leer stand. Ich schlich sofort mit aller gebotenen Vorsicht hinterher. Der Nachtwandler hatte die Tür einen Spalt offengelassen. Und wer saß da auf einem Stuhl am Fenster? Barrymore! Die Kerze hatte er aufs Fensterbrett gestellt, und er starrte angestrengt nach draußen. Das tat er so zirka zehn Minuten lang. Schließlich stieß er einen tiefen Seufzer aus und machte Anstalten, wieder aufzustehen. Das war für mich natürlich das Signal zum Rückzug. Und wirklich, kaum war ich wieder in mein Zimmer geschlüpft, tappte Barrymore auf dem Flur vorbei, und ein ganzes Weilchen später hörte ich, wie sich ein Schlüssel knirschend im Schloß drehte und eine Tür zufiel. Ein Riegel wurde vorgeschoben, und dann hörte man nichts mehr. Aber ich bleibe dem Burschen auf den Fersen.

Barrymores Geheimnis

Freitag, 15. Oktober

Lieber Holmes,
Barrymore ist entlarvt: Er stellt sich schützend vor einen Verbrecher! Doch lassen Sie mich der Reihe nach berichten: Am Morgen, der auf jene nächtliche Begegnung folgte, untersuchte ich besagtes Zimmer genauer. Es bot nichts, überhaupt nichts Besonderes oder Auffallendes. Es ist allerdings der einzige Raum im Schloß, von dem aus man durch eine Lücke in der Baumkulisse das Moor fast ganz überblickt, ein Umstand, der sich später als wichtig erweisen sollte.
Sir Henry war erstaunlich wenig überrascht, als ich ihn von meiner Beobachtung unterrichtete. Er hatte bereits selbst mehrfach festgestellt, daß Barrymore nachts im Hause herumgeisterte, dem aber keine große Bedeutung beigemessen.
Nun aber beschlossen wir doch, der Sache auf den Grund zu gehen und Barrymore beim nächsten nächtlichen Gang zu stellen. Die Aussicht auf ein bißchen Abwechslung im ereignislosen Landleben ließ den Baronet richtig aufleben.
Die erste Nacht allerdings hielten wir vergebens Wache. Drei Uhr hörten wir auf unseren harten Stühlen sitzend die Turmuhr noch schlagen. Dann nickten wir beide ein und waren am Morgen ganz schön zerschlagen. Doch die zweite Nacht waren wir erfolgreich. Wieder zogen sich die Stunden schier endlos. Der Uhrzeiger schien sich nicht vom Fleck zu rühren. Es wurde ein Uhr, dann zwei Uhr – immer noch nichts. Schon

wollten wir aufgeben, da hörten wir verstohlen schlurfende Schritte. Im Nu waren wir wieder hellwach. Die Schritte näherten sich, verhielten vor der Tür des Zimmers, in dem wir saßen. Wir wagten kaum zu atmen. Zu dumm, daß der Baronet geraucht hatte. Den frischen Rauch mußte der Lauscher doch spüren! Aber Gott sei Dank, er schien keinen Verdacht geschöpft zu haben, denn er ging weiter.

Wir warteten einige Sekunden, sie kamen mir ewig vor, öffneten dann vorsichtig die Tür und schlichen hinter der langen schwarzen Gestalt her. Sie war weit vor uns im Gang deutlich als Schatten vor dem Licht, das sie in der Hand trug, erkennbar. Die Gestalt verschwand in dem mir schon bekannten Raum. Wir wagten natürlich nicht, Licht zu machen. So dauerte es einige Zeit, bis wir uns bis zur Tür vorgetastet hatten. Wir waren beide in Strümpfen und prüften jeden Schritt. Aber trotzdem knarrten immer wieder die alten Dielen fürchterlich laut. Doch entweder war unser nachtwandelnder Barrymore – der Figur nach konnte nur er es sein – wirklich etwas schwerhörig, wie Sir Henry behauptet hatte, oder er war so von seinem Tun in Anspruch genommen, daß er nichts bemerkte.

Als wir dann endlich ins Zimmer schauen konnten, bot sich uns der Anblick, den ich in meinem letzten Brief geschildert habe: Barrymore saß auf einem Stuhl, hatte die Kerze aufs Fensterbrett gestellt und starrte angestrengt hinaus ins Dunkel.

Wir hatten nicht verabredet, was wir tun wollten, wenn wir Barrymore ertappten. Das wäre bei unserem impulsiven jungen Herrn wohl auch vergebene Liebesmühe gewesen. Er stieß die Tür weit auf und marschierte stracks ins Zimmer. Barrymore fuhr erschrocken herum und sprang auf, wobei der Stuhl polternd zu Boden fiel. Sein Gesicht wurde kreidebleich, die Hände zitterten. Er mußte einen gehörigen Schreck gekriegt haben.

»Was machen Sie hier, Barrymore?« Das klang wie ein Peitschenhieb. Barrymore zuckte zusammen.

»Nichts, Sir!« sagte er mit halberstickter, bebender Stimme. »Ich mache gelegentlich nachts die Runde, ob alle Türen und Fenster geschlossen sind.«

»Um halb drei Uhr? Im ersten Stock?«
»Ja, Sir. Es könnte ja ein Sturm aufkommen oder jemand einzusteigen versuchen.«
Barrymore hatte sich schnell wieder gefaßt. Seine Stimme klang trotzig. Sir Henry gefiel das gar nicht.
»Halten Sie mich wirklich für so dumm, daß Sie glauben, Sie könnten mir etwas vormachen? Mir scheint, es geht tatsächlich ums Einsteigen. Nur, daß Sie mit dem Gesindel da draußen unter einer Decke stecken. Oder wollen Sie leugnen, daß Sie mit der Kerze am Fenster Zeichen gegeben haben?«
Der Schuß traf. Barrymore sog hörbar die Luft ein.
»Das ... das ...«, stotterte er. Doch Sir Henry unterbrach ihn: »Ich rate Ihnen gut, Barrymore. Tischen Sie mir jetzt keine Lügen mehr auf. Wem galt die Kerze im Fenster?«
»Sie ... ich ... ja, ich habe damit Zeichen gegeben. Aber ich kann und darf nichts darüber sagen, denn die Sache betrifft nicht mich allein. Sie hat aber auch weder mit Ihnen, Sir Henry, noch irgend etwas mit dem Schloß zu tun, das müssen Sie mir glauben! Ich schwör's!«
Da kam mir ein Gedanke: »Nun, dann wollen wir doch einmal sehen, was passiert, wenn die Kerze weiter im Fenster steht.«
Gesagt, getan. Die Kerze stand wieder flackernd auf dem Fensterbrett, und wir starrten konzentriert hinaus in die Finsternis, dorthin, wo zwischen den gerade noch zu ahnenden Silhouetten der Bäume das Moor sein mußte. Und tatsächlich, wir mußten gar nicht lange warten, da glomm weit weg ein Lichtpünktchen auf und blieb wie ein Stern in der Dunkelheit ruhig stehen.
»Da!« rief ich, »sehen Sie das Licht?«
»Nein, nein, das hat nichts zu bedeuten!« rief Barrymore beschwörend. »Ich versichere Ihnen ...«
»Bewegen Sie die Kerze, Watson!« rief der Baronet.
Ich tat's, und das Licht da draußen bewegte sich ebenfalls.
»Nun, Barrymore, wer ist da draußen und weshalb geben Sie ihm Zeichen? Heraus mit der Sprache!«
Barrymore richtete sich auf, mühsam, wie mir schien, und schaute Sir Henry an: »Ich kann und darf es Ihnen nicht sa-

gen. Aber Sie sind nicht betroffen.« – Das Beben in seiner Stimme verlor sich, je länger er sprach.
»Barrymore, Sie sind entlassen. Packen Sie morgen früh gleich Ihre Koffer und verlassen mit Ihrer Frau mein Haus!«
»Jawohl, Sir. Wenn Sie es wünschen!«
»Wenn ich nur begreifen könnte, Barrymore!« Sir Henry schüttelte verzweifelt den Kopf. »Seit Generationen leben die Baskervilles und die Barrymores einträchtig unter einem Dach. Und dann zerstören Sie in ein paar Minuten durch Ihr verstocktes Schweigen, was in fast hundert Jahren gewachsen ist. Haben Sie wirklich so wenig Vertrauen, Barrymore?«
»Doch, wir haben Vertrauen«, ertönte da eine Frauenstimme. Von uns unbemerkt war Barrymores Frau ins Zimmer getreten. Ihr Gesicht schien noch blasser als sonst, und die Augenlider waren vom Weinen dick geschwollen. Sie konnte einem schon leid tun, wie sie da so stand, mit dem Ausdruck großer Angst im Gesicht. Dabei wirkte ihr Anblick eher komisch, denn sie trug nur einen Unterrock und hatte um die Schultern ein Tuch geschlungen, während die nackten Füße in ausgetretenen Pantoffeln steckten.
»Es ist vorbei, Eliza, wir müssen morgen früh gehen«, sagte Barrymore.
»O John, was habe ich nur getan. – Es ist alles meine Schuld, Sir Henry. John wollte nur mich schützen.«
»Wovor? Wenn Sie wirklich Vertrauen haben, wie Sie eben behaupteten, dann müssen Sie jetzt sagen, worum es geht!«
»Es geht um meinen Bruder, der auf dem Moor umherirrt. Wir konnten ihn doch nicht hier vor unserer Haustür verhungern lassen! Das Licht ist das Zeichen, daß Lebensmittel für ihn bereitliegen. Das Licht dort draußen gibt an, wohin wir sie bringen sollen.«
»Der entsprungene Sträfling ist . . .«
»Ja, Sir, mein Bruder. Selden, der Mörder, ist mein Bruder!« Eliza Barrymore brach in Tränen aus.
John Barrymore fügte hinzu: »Sie werden einsehen, Sir Henry, daß ich Ihnen dieses schreckliche Geheimnis ohne Wissen und Einverständnis meiner Frau nicht offenbaren konnte und durf-

te. Und Sie werden mir nun sicher auch glauben, daß sich mein Tun nicht gegen Sie richtete.«

Sir Henry und ich schauten uns betroffen an. Diese zwar derbe, aber doch wohl ehrbare Frau sollte die Schwester des viehischen Mörders von Notting Hill sein?

»Mein Mädchenname ist Selden«, fuhr Eliza Barrymore leise schluchzend fort. »Jack war das Nesthäkchen der Familie. Alle verzogen ihn, kein Wunsch blieb ihm versagt. So wurde er maßlos in seinen Ansprüchen. Und als Vater und Mutter sie ihm nicht mehr erfüllen konnten oder wollten, tat er sich mit lichtscheuem Gesindel zusammen. Auf kleine Diebereien folgten bald größere. Beim ersten Einbruch wurde er erwischt und kam für ein paar Monate ins Gefängnis. Das brach meiner Mutter das Herz. Mein Bruder aber nahm nun gar keine Rücksicht mehr. Immer tiefer sank er. Und das Ende kennen Sie ja, Sir.«

»Dieser Bestie in Menschengestalt helfen Sie?«

»Er ist und bleibt mein Bruder, Sir. Irgendwo in ihm steckt noch immer der fröhliche kleine Junge, mit dem ich spielte und lachte, den ich und der mich liebte. Konnte ich ihm meine Hilfe versagen, als er eines Nachts an mein Fenster klopfte? Halb verhungert, mehr tot als lebendig und die Aufseher mit ihren Bluthunden auf den Fersen. Ja, wir haben ihm geholfen, denn Gott soll richten, nicht die Menschen. Und hat nicht Gott in seiner Gnade Jack vor dem Galgen bewahrt? War es nicht sein Wille, daß er aus dem Zuchthaus entkommen sollte? Als dann Sie und Dr. Watson kamen, versteckte sich mein Bruder draußen im Moor. Jede zweite Nacht vergewissern wir uns, daß er noch da ist, indem wir ein Licht in dieses Fenster stellen. Antwortet er, ebenfalls mit einem Licht, bringt ihm mein Mann etwas zu essen. Jeden Tag bete ich zu Gott, daß mein Bruder das Moor verläßt. Aber im Stich lassen kann ich ihn nicht. – Das ist alles, Sir. Mehr gibt es nicht zu erzählen. Alle Schuld, wenn Sie von einer solchen sprechen wollen, fällt auf mich. Nicht auf John, meinen Mann. Er tat nur, was ihn die Liebe hieß und was er am Altar geschworen hat: Zu mir zu halten in guten und schlechten Tagen.«

Sie sprach so aufrichtig, so überzeugend, daß wir ihr glauben mußten.
»Stimmt das, Barrymore?«
»Jedes Wort, Sir.«
»Nun gut, Sie mußten sich wohl vor Ihre Frau stellen. Das ändert aber nichts daran, daß Sie gegen das Gesetz verstoßen und Ihre Pflicht mir gegenüber sträflich vernachlässigt haben. Ich kann nicht dulden, daß meine Dienerschaft Verbrecher unterstützt. Wir sprechen uns morgen noch. Jetzt gehen Sie und Ihre Frau in Ihre Zimmer.«
Es war inzwischen drei Uhr geworden. Das Licht draußen im Moor leuchtete immer noch. Sir Henry stieß das Fenster auf.
»Ganz schön unverschämt der Bursche«, sagte er.
»Er hat sein Licht sicher so aufgestellt«, wandte ich ein, »daß man es nur von hier sieht.«
»Also wissen Sie, Watson, es ist mir einfach ein unerträglicher Gedanke, daß dieser Verbrecher auf meinem Schloß Zuflucht gefunden hat und daß man es wagt, von hier aus schützend die Hand über ihn zu halten. Am liebsten würde ich den Burschen, der da draußen neben seinem Licht wartet, eigenhändig stellen und der Polizei übergeben. Was glauben Sie, wie weit das Licht entfernt ist?«
»Ich schätze zwei- oder dreitausend Meter. Es dürfte auf oder beim Hügel brennen, der Cleft Tor heißt. Aber ich halte es nicht für richtig, daß wir uns auf die Jagd nach diesem zu allem entschlossenen Verbrecher machen. Auf einen weiteren Mord kommt es dem doch nicht an. Ich meine, wir sollten es der Polizei überlassen, ihn einzufangen. Schließlich wissen wir ja jetzt, wo er steckt. Und warnen können ihn die Barrymores auch nicht mehr rechtzeitig.«
»Also wenn Sie Angst haben, Dr. Watson, dann gehe ich alleine!«
Das mochte ich mir nun doch nicht nachsagen lassen. Offensichtlich machte das baskervillesche Temperament den Baronet für alle Argumente der Vernunft unzugänglich.
»Das werden Sie auf keinen Fall, Sir Henry. Ich gehe selbstverständlich mit. Allerdings halte ich es nicht für richtig, was Sie

vorhaben. Lassen Sie mich nur meine Pistole holen und die Stiefel anziehen. Je eher wir losgehen, desto größer ist die Chance, daß wir Selden noch erwischen. Wenn wir zu lange warten, könnte er sich wieder verkriechen.«
Es dauerte keine zwei Minuten, bis wir auf dem Weg waren. Die Luft war schwer und erstaunlich warm für den Oktober. Unter unseren Füßen raschelte das Herbstlaub. Nur gelegentlich sah man einen Zipfel des Mondes zwischen den rasch dahinziehenden Wolken. Als wir die ersten Schritte ins Moor taten, begann es leicht zu nieseln.
»Sie sind hoffentlich bewaffnet, Sir Henry?« fragte ich.
»Selbstverständlich. Ein kräftiger Schlag mit dem Griff meiner Reitpeitsche hier, und der Kerl schläft ein paar Stunden.«
»Glauben Sie denn, wir kommen so dicht an ihn heran?«
»Das ist kein Problem, ich habe da meine Erfahrungen aus Kanada. Wir müssen nur feststellen, wo er genau steckt. Das wird schätzungsweise dicht beim Licht sein. Dann schleiche ich mich von hinten heran, und Sie, Watson, versperren ihm mit Ihrem Revolver den Fluchtweg. Selden hat nicht die geringste Chance. – Ha, was wohl Holmes sagen würde, wenn er uns jetzt so sähe, in der Stunde der Finsternis, einer recht realen bösen Macht auf der Spur!«
In diesem Moment erhob sich, gleichsam als Antwort, aus der Mitte des Moores wieder jenes scheußliche Heulen, das ich vor fast zwei Wochen schon einmal gehört hatte. Erst ein scharfes Bellen, dann ein anschwellendes Heulen, das in einem tiefen Stöhnen, fast war's ein Seufzen, verklang. Und immer wieder ertönte es. Kaum war der letzte Ton verklungen, schwoll es von neuem an.
Hart packte der Baronet meinen Arm: »Was ist das, Watson?«
»Ich kann's nicht sagen. Es scheint, als sei es das Moor selbst, das so stöhnt. Jedenfalls kann es irgendwelche harmlose Geräusche bis zur Unkenntlichkeit verzerren und verstärken.«
»Das glaube ich nicht. Hören Sie doch einmal genau hin!«
Aber so sehr wir auch horchten, nach dem fünften oder sechsten Heulton blieb es still. Wir hörten nur noch das Rieseln des Regens, der sich inzwischen verstärkt hatte.

»Watson«, sagte der Baronet, »das war ein Hund, der da heulte.«
Mich überlief es kalt, als er aussprach, was ich nicht zu denken gewagt hatte.
»Und wenn ich nicht ein sehr nüchtern denkender Mann wäre, dann würde ich sagen, das war der Hund der Baskervilles. Aber das gibt es doch nicht, das kann es doch nicht geben! Und doch – klang es nicht doch in Ihren Ohren auch wie Hundegebell?«
Widerwillig gab ich es zu.
»Und es kam aus dem Moor, nicht wahr?«
»Ja, mir scheint von dort, wo das Grimpener Moor liegt. Ich habe das Heulen übrigens schon einmal gehört, am Sonntag, als ich Stapletons Bekanntschaft machte. Und er meinte, es sei vielleicht ein seltener Vogel, der so schreit, und das Moor verstärke und entstelle den Laut.«
»Ach Papperlapapp, ich habe lange genug in der Wildnis gelebt, um solche Geräusche deuten zu können. Es war das Heulen eines Hundes. Es klang grausig, zugegeben. Und ich bin geneigt, es nachts im Moor ernster zu nehmen als damals, als Mortimer in London davon erzählte. Doch es muß eine logische Erklärung dafür geben, genauso wie für die Hundespuren neben dem Leichnam meines Onkels. – Doch Schluß damit. Darum kümmern wir uns ein andermal. Jetzt wollen wir den Teufel Selden fangen, auch wenn eine ganze Meute Hundeteufel hinter uns her sein sollte.«
Wir schlichen also so leise wie möglich weiter, immer das Licht vor Augen. Der Regen hatte wieder aufgehört. Es schien sogar, als wollte die Wolkendecke aufreißen und den Mond freigeben. – Wohl über nichts täuscht man sich so sehr wie über Entfernungen in der Nacht. Das Licht schien, statt näher zu kommen, immer mehr zurückzuweichen. Doch dann plötzlich standen wir nur noch wenige Schritte davor. In einem Felsspalt stak eine tropfende Kerze, doch von Selden war nichts zu sehen. Wir duckten uns hinter einen großen Felsblock und berieten flüsternd, wie wir nun im einzelnen weiter vorgehen wollten, um den Verbrecher zu fangen.

»Sehr geschickt, die Kerze so aufzustellen, daß sie nur von Baskerville aus zu sehen ist. Aber wo steckt der Kerl?«
»Wir müssen warten, bis er sich rührt«, flüsterte ich.
Genau in diesem Moment sahen wir ihn. Er mußte oben auf dem Felsblock, in dem die Kerze stak, gelegen haben. Wir erhaschten nur einen kurzen Blick auf ein wildes, bleiches Gesicht, mit einem wirren Bart und einer niedrigen Stirn, über die strähnig verfilztes Haar hing. So lang war es, daß man die kleinen Augen nur ahnen konnte. Scharf spähte Selden zu dem Felsen herüber, hinter dem wir uns verbargen, dann war er verschwunden. Offensichtlich hatte er uns doch gehört und war nur so lange geblieben, bis er sicher sein konnte, daß es nicht Barrymore war, der sich seinem Signallicht näherte.
Es war unser Glück, daß wir einen Moment zögerten, die Verfolgung aufzunehmen, denn begleitet von einem obszönen Fluch, flog uns ein großer dunkler Brocken entgegen. Wir duckten uns gerade rechtzeitig, bevor er auf unserem Felsen aufprallte und in tausend Splitter zerbarst, die mit bösem Sirren durch die Luft flogen.
In diesem Augenblick brach der Mond durch die Wolken, und wir sahen ihn, eine kurze kräftige Gestalt, davonlaufen, wobei er die Steine, die ihm im Weg lagen, mit der Behendigkeit einer Bergziege überwandt. Ich hätte schießen können, aber es widerstrebte mir, die Waffe gegen einen Wehrlosen zu gebrauchen.
So rannten wir hinter ihm her, mußten aber bald aufgeben. Die Verfolgung war sogar für uns beide einigermaßen trainierte Läufer aussichtslos. Wir hockten uns keuchend auf einen Felsblock, um wieder zu Atem zu kommen. Ich ließ den Blick über das Moor schweifen, das jetzt zur Gänze vom Mond beschienen war. Rechts von mir erhob sich in einiger Entfernung einer dieser mit bizarren Felsen bestückten Hügel, gekrönt von einer besonders spitzen Felsnadel. Und da war noch etwas. Ich blickte schärfer hin. Auf der Felsspitze stand ein Mann. Groß, schlank, die Beine leicht gespreizt, die Arme verschränkt und den Kopf leicht geneigt, so als ob er nachdenke über die Verlassenheit und die Geheimnisse des Moores zu seinen Füßen.

War das vielleicht der böse Geist, der hier sein Unwesen trieb? Selden jedenfalls konnte es nicht sein; die Stelle, wo er verschwunden war, lag weit weg.
Mit einem Ruf der Überraschung wandte ich mich zu Sir Henry, um ihn auf die Gestalt aufmerksam zu machen. Doch als ich wieder hinblickte, war sie verschwunden, und nur noch die Silhouette des Felsens stand schwarz gegen den mondhellen Horizont.
»Sicher einer der Aufseher oder ein Soldat auf der Jagd nach Selden«, meinte der Baron. »Lassen Sie uns nach Hause gehen. Für heute haben wir genug getan.«
Nun, lieber Holmes, vielleicht hatte Sir Henry recht, und es war wirklich ein Aufseher, den ich gesehen hatte. In jedem Fall werden wir im Zuchthaus Princetown melden, wo Selden steckt. Lieber hätten wir ihn allerdings selber gefangen.
Soweit also die Ereignisse dieser Nacht, die wenigstens bezüglich Barrymore Klarheit gebracht hat. Nachzutragen wäre noch ganz am Rande, daß Stapleton immer verdrehter wird, was den Baronet und seine Schwester angeht. Am gestrigen Freitag zum Beispiel trafen sich die beiden auf besagtem Moorweg nach Merripit House. So jedenfalls erzählte es mir Sir Henry, denn ich war nicht dabei.
Sie werden fragen, warum nicht? – Weil ich es als Gentleman ablehne, jemanden zu begleiten, der so offensichtlich auf amourösen Pfaden wandelt wie Sir Henry. Auch scheint mir Beryl Stapleton die letzte, die dem Baronet ein Leid antun würde.
Die beiden wandelten also ganz harmlos auf dem Moorpfad dahin und unterhielten sich. Da fuhr plötzlich ihr Bruder dazwischen. Er fing an, den Baronet zu beschimpfen: Was ihm denn einfiele. Er solle gefälligst die Finger von seiner Schwester lassen. Sein Geld und seine Stellung gäben ihm noch lange nicht das Recht, sich alles und jedes zu erlauben und so weiter. Er ließ Sir Henry gar nicht zu Wort kommen, sondern packte seine Schwester am Arm und zerrte sie fort.
Übrigens hat Beryl bei diesem Spaziergang schon wieder vor unbestimmten Gefahren im Moor gewarnt und den Baronet –

fast flehentlich, wie er sagte – gebeten, so schnell wie möglich nach London zurückzukehren.
Jack Stapleton kam dann noch am gleichen Abend aufs Schloß und hat sich wortreich entschuldigt: Er liebe eben seine Schwester außergewöhnlich und habe ganz kurz durchgedreht, als ihm bewußt geworden sei, daß der Baronet ihm vielleicht Beryl wegheiraten könnte. Denn er habe doch wohl feste Absichten? Natürlich wolle er dem Glück seiner Schwester und des Baronets nicht im Wege stehen. Aber er bäte, die Sache nicht zu übereilen und ihm Zeit zu geben, sich an die neue Situation zu gewöhnen.
So ist also an der Oberfläche wieder alles in Ordnung. Aber mir scheint, insgeheim grollen Stapleton und Sir Henry einander noch gewaltig. Vor allem vermißt letzterer seine Beryl ganz offensichtlich über alle Maßen. – Man soll eben sein Herz nicht an Frauen hängen!
Trotz allem bleibt ein Gefühl des Unbehagens, denke ich an Stapleton. So sehr überzeugend war das nicht, was er vorbrachte.
Nun, wir werden sehen, wie sich die Dinge weiter entwickeln. Ich hoffe nur, lieber Holmes, Sie bald hier begrüßen zu können. Nichts wünsche ich mehr, als ein Ende der ganzen Geschichte und einen Schluck guten Ales in meinem Club in London.
Soweit mein Brief. Und ich erinnere mich gut daran, daß ich zu diesem Zeitpunkt die Nase ziemlich voll hatte vom Landleben, vor allem da ich stark das Gefühl hatte, daß Sherlock Holmes an meiner Stelle den Fall schon längst gelöst gehabt hätte.

Der geheimnisvolle Fremde

In meinen Briefen an Sherlock Holmes enthielt ich mich wunschgemäß jeglicher Spekulation. Die Gedanken, die ich mir machte, vertraute ich meinem Tagebuch an. Darin steht unter dem Datum des sechzehnten Oktobers beispielsweise:
Morgens ist es neblig trüb. Es regnet sacht. Über die Flanken der Hügel im Moor schlängeln sich silberhelle Wasseradern. Die vielen Granitblöcke sind von der alles durchdringenden Nässe noch dunkler als sonst. Melancholie überall, auch im Haus. Wir leben im Gefühl drohender Gefahr. Sie ist um so schlimmer, als wir sie nicht beschreiben können. Die Ereignisse scheinen irgendwo zusammenzupassen, scheinen Teile eines Planes, den wir nicht kennen. Könnte sich dieser Plan gegen die Baskervilles richten? Fassen wir einmal zusammen: Sir Charles stirbt unter merkwürdigen Umständen. Irgend etwas sieht er im Moor, das ihn zu Tode erschreckt. Neben seiner Leiche finden sich Spuren eines großen Hundes. Die Moorbewohner berichten, einen riesigen Hund im Moor gesehen zu haben. Ich selbst habe zweimal einen Hund im Moor heulen hören. Es kann nur ein Hund gewesen sein. Aber ein Geisterhund? Nein, das ist unmöglich. Geister hinterlassen keine sichtbaren Spuren und heulen, wenn überhaupt, nur nachts. Das erstemal aber habe ich den Hund am Tage gehört.
Wenn es aber ein realer Hund ist, der sich im Moor herumtreibt, wo versteckt er sich und wie findet er sein Futter? Er könnte natürlich wildern. Aber warum hat ihn dann noch nie jemand bei Tage gesehen? Daß er sich ein paar Tage verbirgt,

mag ja noch angehen. Aber über Wochen und Monate? Also doch ein Geisterhund? Nein! Daran mögen Dr. Mortimer und Stapleton glauben, ich tu es nicht.
Und wie passen die Ereignisse in London in die Geschichte? Sie gehören hinein, denn in der Warnung war vom Moor die Rede. Immer wieder stoßen wir auf das Moor. Es ist der Angelpunkt der Geschichte, der Faktor, den alle Ereignisse gemeinsam haben. Sogar in der Familiensage spielt das Moor eine wichtige Rolle.
Wo tauchte der Fremde auf? Im Moor. Es war ein Fremder, größer als Stapleton und schlanker als Frankland. Barrymore hätte es sein können. Aber er konnte unmöglich zu jenem Zeitpunkt an jenem Ort gewesen sein. Waren der Fremde im Moor und der in der Kutsche identisch? Wurden Sir Henry und ich auch hier auf Schritt und Tritt verfolgt? Mir scheint, es könnte sich lohnen, sich den Mann vorzuknöpfen und mindestens seine Identität zu lüften. Jedenfalls muß die Lösung für alle Rätsel im Moor liegen. –
Soweit meine Überlegungen zu jenem Zeitpunkt. Im folgenden dann überstürzen sich die Ereignisse fast, jene Ereignisse, die ich wohl nie werde vergessen können.
Zunächst aber gab es noch eine kleine Auseinandersetzung mit Barrymore. Er hatte Sir Henry um eine Unterredung gebeten. Sie fand im Arbeitszimmer statt. Ich hatte mich ins Billardzimmer zurückgezogen und hörte das Gemurmel der beiden durch die verschlossene Tür. Sehr einig schienen sie sich nicht zu sein. Nach etwa zehn Minuten öffnete der Baronet die Tür und bat mich hereinzukommen.
»Barrymore«, sagte er, als ich mich gesetzt hatte, »glaubt Grund zur Beschwerde zu haben. Er meint, wir hätten kein Recht gehabt, auf seinen Schwager Jagd zu machen, zumal er uns ja freiwillig seinen Aufenthaltsort verraten habe.«
Barrymore stand bleich und aufrecht vor dem Baronet, die Lippen trotzig zusammengepreßt.
»Ich bin vielleicht etwas zu heftig geworden«, sagte er. »Dafür bitte ich um Verzeihung. Aber mußten Sie wirklich Selden verfolgen? Hat er noch nicht genug durchgemacht?«

»Dieser Mann ist für jedermann eine Gefahr, solange er nicht hinter Schloß und Riegel steckt«, entgegnete hitzig der Baronet. »Wollen Sie wirklich, daß er noch mehr Menschen umbringt?«
»Es könnte leicht dazu kommen, wenn er ganz verzweifelt ist. Solange meine Frau und ich ihn versorgen, hat er überhaupt keinen Grund, jemand zu überfallen. Aber wenn Sie ihn der Polizei verraten und die ihn in die Enge treibt, kann ich für nichts mehr garantieren.«
»Das können Sie auch so nicht!«
»Aber ich kann garantieren, daß er die längste Zeit hier gewesen ist. Es sind alle Vorbereitungen getroffen, ihn außer Landes zu bringen. Er geht mit dem nächsten Schiff nach Südamerika. – Bitte, Sir, brechen Sie nicht meiner Frau das Herz. Es ist für alle, auch für Sie, Sir, das beste, wenn Selden ohne Aufsehen verschwindet. Man vermutet ihn ja sowieso schon längst nicht mehr im Moor.«
»Was meinen Sie dazu, Watson?« fragte der Baronet.
»Die Gerechtigkeit verlangt, daß Selden wieder seiner Strafe zugeführt wird. Allerdings hieße das, erneut einem Menschen großes Leid zuzufügen. Wenn ich also abwäge, würde ich sagen, wenn Selden noch einen Rest von Gewissen hat, wird dieses irgendwann aufwachen und er wird mehr büßen als im Zuchthaus. Es ist besser, wir vermeiden neues Leid – und ersparen dem Steuerzahler, jahrzehntelang einen Verbrecher durchzufüttern.«
»Da ist was dran«, meinte Sir Henry. »Allerdings glaube ich nicht, daß der Bursche noch ein Gewissen hat, das ihn seine Tat bereuen läßt. Auch machen wir uns wohl der Begünstigung schuldig. Aber andererseits bringe auch ich es nicht fertig, der armen Frau das Herz zu brechen. Hol's der Teufel, lassen wir ihn springen!«
Barrymore, der sichtlich erleichtert war, stammelte Worte des Dankes und wandte sich zum Gehen. Doch dann blieb er zögernd stehen.
»Ist noch etwas, Barrymore?«
»Ja, Sir. Da ist noch etwas, das Sie wissen sollten. Es geht um

Sir Charles' Tod. Ich habe mich jetzt erst wieder daran erinnert.«

Wir sprangen beide wie elektrisiert auf und sagten wie aus einem Munde: »Was ist es? Los, sprechen Sie!«

»Sir Charles hielt sich an der Pforte zum Moor auf, weil er mit einer Frau verabredet war.«

»Mit einer Frau? Sir Charles?«

»Ja.«

»Mit wem?«

»Ich kenne nur die Anfangsbuchstaben des Namens: L. L.«

»Ist das alles?«

»Ja, Sir Henry. Sir Charles bekam am Morgen seines Todestages nur einen Brief; sonst waren es meist mehrere, vor allem Bettelbriefe, denn man wußte, daß er freigebig war. So fiel mir der eine natürlich besonders auf. Er war in Coombe Tracey aufgegeben, die Adresse mit der Hand geschrieben, ganz offensichtlich von einer Frau.«

»Ja, weiter!«

»Ich hätte gar nicht mehr daran gedacht, wenn nicht meine Frau vor ein paar Wochen das Arbeitszimmer von Sir Charles, wo seit seinem Tode alles unberührt geblieben war, aufgeräumt hätte. Dabei fand sie verbranntes Papier im Kamin. Auf einem angegilbten Fetzen waren noch einige Worte zu lesen: ›Bitte, bitte, wenn Sie ein Gentleman sind, verbrennen Sie diesen Brief! Und seien Sie um zehn Uhr an der Pforte. L. L.‹«

»Haben Sie das Stückchen Papier noch?«

»Nein, es zerfiel, als ich es in die Hand nahm.«

»Hatte Sir Charles schon früher Briefe mit dieser Handschrift bekommen?«

»Ich habe mir seine Post nie besonders angeschaut. Nur dieser eine Brief fiel mir auf, eben weil kein anderer dabei war.«

»Und Sie haben keine Ahnung, wer diese L. L. ist?«

»Nein, Sir, genauso wenig wie Sie.«

»Wie konnten Sie nur«, griff ich ins Gespräch ein, »einen so wichtigen Umstand verheimlichen, Barrymore? Diese Dame hätte ganz sicher einiges zur Aufklärung von Sir Charles' Tod beitragen können.«

»Als meine Frau den Brief fand, war die Totenschau schon lange vorbei. Und dann kam die Geschichte mit meinem Schwager. Da hab ich's halt vergessen. Es tut mir leid, Sir. Aber vielleicht können Sie's verstehen. Auch schien mir die Sache nicht so wichtig; es gibt ja keinen Zweifel, Sir Charles starb an Herzversagen.«

»Es ist gut, Barrymore, Sie können gehen«, machte der Baronet der wortreichen Entschuldigung ein Ende. Dann wandte er sich zu mir: »Nun, Watson, was meinen Sie zu diesem neuen Aspekt?«

»Ich kann mir kaum vorstellen«, entgegnete ich, »daß Sir Charles sich von einer Frau, noch dazu einer, die er sicherlich kannte, so erschrecken ließ, daß sein Herz stehenblieb. Er stand lange an der Pforte. Entweder wartete er vergeblich, oder die Unterredung fand tatsächlich im Freien statt. Aber bei dem Wetter? Es war feucht und kühl an dem Abend. So würde er ja wohl die Dame hereingebeten haben oder mit ihr ins Gartenhäuschen gegangen sein. Nein, ich glaube, die Dame hielt ihre Verabredung nicht ein. Es war etwas anderes, was Sir Charles tödlich erschreckte. So wird uns, fürchte ich, auch die Bekanntschaft der Dame nicht sehr weiterhelfen, es sei denn, sie hätte gewußt, daß Sir Charles in Gefahr war und ihn warnen wollen. Statt klarer, ist der Fall nur noch undurchsichtiger und komplizierter geworden.«

»Was tun wir nun?«

»Wir tun nichts. Das heißt, ich setze mich gleich hin und unterrichte Holmes über diese neue Entwicklung. Vielleicht kann er mehr damit anfangen.«

Gesagt, getan. Und ich erinnere mich noch gut, daß ich beim Schreiben dachte, hoffentlich reagiert er wenigstens darauf. Holmes hatte nämlich die ganze Zeit kaum etwas von sich hören lassen. Wahrscheinlich war er mit Arbeit überhäuft.

Am Tag darauf, es war der siebzehnte Oktober, ein Sonntag, hatte sich der Nieselregen vom Vortag zum Landregen verdichtet. Es plätscherte unentwegt, Stunde um Stunde. Die hohen Räume des Schlosses wirkten bei dem trüben Licht düster und feuchtkalt. Wie mochte es erst Selden da draußen im

Moor ergehen? Hatte er einen trockenen Unterschlupf? Und wo mochte der andere stecken? War er, der Mann der Finsternis, auch im Moor? Welches neue Unheil brütete er aus?
Am Spätnachmittag hielt ich es im Schloß nicht mehr aus, zog den Regenmantel über und ging hinaus in den Regen. Fast ohne es zu wollen, lenkte ich meine Schritte ins Moor, das sich wie ein Schwamm mit Nässe vollgesogen hatte. Bei jedem Schritt quoll Wasser unter meinen Schuhen hervor. Ein scharfer Wind pfiff mir um die Ohren und peitschte mir die Regentropfen ins Gesicht. Wer jetzt vom Wege abkam, dem mochte Gott gnädig sein.
Nicht lange und ich stand vor dem spitzen Felsen, auf dem sich die Gestalt gezeigt hatte, kletterte hinauf. Weit blickte man von oben übers Moor, das sich unter den prasselnden Regenschauern zu ducken schien. Seine grauen Hügel waren fast ganz verhüllt von den eilig dahinjagenden triefnassen Wolken. Halb zur Linken sah man im Wolkengrau die schlanken Türme des Schlosses über die Baumkronen ragen. Sie und die steinzeitlichen Steinwälle waren die einzigen Anzeichen menschlichen Lebens in dieser Einöde. Ich suchte nach Spuren der nächtlichen »Erscheinung«. Es war nichts, aber auch gar nichts zu entdecken.
Auf dem Rückweg überholte mich Dr. Mortimer im Einspänner. Er kam den holprigen Karrenweg entlanggefahren, der nach Foulmire, einem Pachthof, führt. Dort hatte er eine Visite gemacht. Er lud mich ein aufzusteigen, was ich gerne tat, denn der Regen hatte trotz Regenmantel schon die Haut erreicht.
Mortimer war, ganz im Gegensatz zu sonst – wir hatten ihn fast jeden Tag gesehen, seit wir in Schloß Baskerville waren – sehr schlecht gelaunt. Er vermißte nämlich seinen Spaniel, der ins Moor gelaufen sein mußte. Jedenfalls war er nicht mehr zurückgekommen. Nun, ich versuchte mein möglichstes, ihn etwas aufzuheitern, mußte aber daran denken, daß das Moor immer wieder seine Opfer forderte, wie mir Stapleton erzählt hatte. Meine Versuche hatten wenig Erfolg. Mortimer blies weiter Trübsal.
Schließlich fiel mir ein, daß er doch so ziemlich alle Leute hier

in der Gegend kennen mußte, also vielleicht auch die Dame, mit der Sir Charles verabredet gewesen war. So fragte ich: »Sie kommen doch als Arzt viel herum. Kennen Sie vielleicht ein weibliches Wesen, dessen Vor- und Zuname beide mit L. beginnen?«

Er überlegte ein Weilchen und meinte dann: »Nein, ich wüßte nicht. – Doch halt! Wie wäre es mit Laura Lyons, Franklands Tochter? Sie wohnt in Coombe Tracey.«

»Frankland, der Prozeßhansel, hat eine Tochter?«

»Ja, hat er. Das Mädchen hat übrigens ziemlich viel Pech gehabt. Sie heiratete Red Lyons, einen Maler, der hier ins Moor gekommen war, um zu malen. Kaum waren ein paar Monate vergangen, hielt er die Einsamkeit ebensowenig aus wie seine Frau, will sagen, lief beiden davon. Natürlich haben sich die Leute hier im Moor das Maul über die Geschichte zerrissen. Dabei erregte die größte Verwunderung, daß Frankland seinem Schwiegersohn keinen Prozeß an den Hals hängte. Die Schuld für die Trennung dürfte wohl auf beiden Seiten gelegen haben.«

»Sorgt Frankland wenigstens für seine Tochter?«

»Was sie von ihm kriegt, reicht gerade für die Miete. Es scheint allerdings auch, daß er selbst in Geldschwierigkeiten steckt. Laura muß sich mit Schreibarbeiten ihr Brot verdienen. Sie schreibt unter anderem für mich und Stapleton. Auch Sir Charles gab ihr Aufträge. – Aber warum fragen Sie?«

Nun, solange nicht geklärt war, welche Rolle Laura Lyons gespielt hatte, mochte ich den etwas geschwätzigen Doktor nicht ins Vertrauen ziehen. So antwortete ich ausweichend, daß Sir Henry eine Notiz, eine Art Abrechnung in die Hände gefallen sei und wir uns hätten keinen Reim darauf machen können, weil nur darauf gestanden habe: Für L. L. Der gute Doktor gab sich mit dieser Erklärung auch ohne weiteres zufrieden.

Morgen früh werde ich nach Coombe Tracey gehen und dieser Laura etwas auf den Zahn fühlen. Vielleicht bringt sie uns doch der Lösung so mancher Frage näher.

Am Abend hatte ich dann noch ein interessantes Gespräch mit Barrymore. Dr. Mortimer, der zum Essen geblieben war, spielte nach Tisch mit dem Baronet Schach. Ich mochte nicht den Kiebitz spielen; auch liegt mir nicht viel am »königlichen Spiel«. So ließ ich mir den Kaffee in die Bibliothek bringen. Als Barrymore ihn auf den Tisch stellte, sagte ich: »Ich habe heute lebhaft an Selden denken müssen, als ich durchs Moor spazierte. Es kann bei diesem Wetter kein angenehmer Aufenthaltsort sein.«

»Schon möglich«, antwortete Barrymore. »Aber die unbequemste Freiheit ist allemal besser als die bequemste Zelle, besonders für einen, der Aussicht hat, sein ganzes Leben darin zu verbringen. Aber vielleicht ist Selden ja schon längst fort.«

»Wissen Sie's nicht?«

»Erst dann, wenn er die Lebensmittel nicht mehr vom verabredeten Platz holt.«

»Die könnte doch auch jemand anders nehmen!«

»Das ist natürlich möglich – besonders seit sich der andere Kerl im Moor herumtreibt.«

»Was sagen Sie da, Barrymore? Im Moor treibt sich noch ein Sträfling herum?«

»Ich weiß es nur von Selden. Der allerdings meint, es könne sich kaum um einen entflohenen Gefangenen handeln. Der Kerl tue zwar sehr heimlich, benehme sich aber gar nicht wie einer auf der Flucht.«

»Hat Selden den Mann näher gesehen?«

»Er sagte nur, es sei bestimmt keiner vom Zuchthaus, eher ein feiner Pinkel, denn er läßt sich von einem Jungen mit allem Lebensnotwendigen versorgen; wahrscheinlich aus Coombe Tracey. – Mir jedenfalls ist schleierhaft, wie sich jemand freiwillig im Moor aufhalten kann, es sei denn, er führe Böses im Schilde.«

»Wie meinen Sie das?« fragte ich äußerlich ruhig, aber mit klopfendem Herzen. Barrymores Vermutungen gingen offensichtlich in die gleiche Richtung wie meine.

»Den Baskervilles droht Unheil. Ich spür's genau. Da ist Sir Charles' Tod, und da ist der Hund, den so viele gesehen haben. Ganz zu schweigen von dem fürchterlichen Geheul, das man immer wieder hören kann. Und dann noch der Fremde in

dem Gebiet, das sogar die Einheimischen meiden. Ich sage Ihnen, Sir Watson, da braut sich etwas zusammen. Meine Frau und ich werden froh sein, wenn wir von hier fort sind.«
»Ich glaube, Sie sehen Gespenster, Barrymore. Lassen Sie sich einmal von Mr. Stapleton erklären, welche seltsamen Geräusche das Moor hervorbringen kann. Und lange müssen Sie ja nicht mehr aushalten. Demnächst wird das neue Personal eintreffen.«
Es schien mir nicht geraten, Barrymore noch mehr aufzuregen, indem ich seinen Verdacht bestätigte. Aber ich nahm mir vor, noch mehr aufzupassen als bisher. Vielleicht kam ja auch bald Sherlock Holmes. Oder sollte ich ihn herbeitelegrafieren? Wer im Oktober im wüsten Moor hauste, nur um Sir Henry zu beobachten, war der nicht besonders gefährlich? – Nein, erst mußte mein Verdacht etwas besser begründet sein. Dann war es immer noch Zeit, Sherlock Holmes einzuschalten.

Ein Mißerfolg
und eine unerwartete Begegnung

Als ich am nächsten Morgen – es war Montag, der achtzehnte Oktober, wie mein Tagebuch vermerkt – zeitig aufstand, ahnte ich nicht, daß sich der Fall Baskerville mit Riesenschritten seinem gräßlichen Ende näherte. Und auch der Baronet ahnte nicht, wie nahe ihm das Verhängnis war.

Beim Frühstück erzählte ich ihm, wer sich hinter den Buchstaben L. L. verbarg und daß ich der Dame noch am Vormittag einen Besuch abstatten wollte. Er wollte natürlich unbedingt mit. Aber wir überlegten dann, daß Frau Lyons vielleicht allzusehr eingeschüchtert wäre. Ich konnte, wenn ich allein war, halbamtlich auftreten und bekam dann vielleicht offener Auskunft. So blieb Sir Henry widerwillig zu Hause, und Perkins fuhr mich allein nach Coombe Tracey.

Die Wohnung zu finden machte keinerlei Schwierigkeit. Das Dienstmädchen führte mich in einen nicht gerade üppig möblierten Raum, wohl das Wohnzimmer, wo Laura Lyons hinter ihrer Schreibmaschine saß. Sie erhob sich mit freundlichem Lächeln, begrüßte mich und bot mir Platz an.

Auf den ersten Blick wirkte sie recht angenehm. Doch bei näherem Hinsehen verriet ihr Gesicht mit den leicht herabgezogenen Mundwinkeln eine gewisse Unzufriedenheit, so als ob das Leben ihr allzuviel versagt habe. Dabei hätte sie mit ihren ins Grüne gehenden Augen und den weichen, braunen Locken, die ein klar geformtes Gesicht umschmeichelten, recht hübsch oder eher apart genannt werden können. Nur, da war jener Zug von Verbitterung um den Mund.

Ich mußte sie wohl etwas zu lange angeschaut haben, denn sie wiederholte ihre Frage, was ich von ihr wünsche. Das brachte mir so recht die Schwierigkeit meiner Aufgabe zu Bewußtsein, und ich begann – recht ungeschickt, wie ich heute zugeben muß:

»Ich kenne Ihren Vater, Frau Lyons.«

»Was keine Empfehlung ist«, fiel sie mir kühl ins Wort. »Wir lieben uns nicht gerade. So sind auch seine Freunde nicht unbedingt die meinen.«

Da wagte ich kurz entschlossen den Sprung ins kalte Wasser und sagte direkt und unumwunden: »Es ist auch nicht Ihr Vater, der mich hierherführt, ich komme wegen Sir Charles Baskerville.«

»Sir Charles ist tot!«

Das klang sehr abweisend.

»Sie kannten ihn doch?«

»Nichts, Dr. Watson, dürfte schwieriger sein, als hier in Dartmoor jemand zu finden, der ihn nicht kannte.«

»Aber Sie haben für ihn geschrieben, haben mit ihm korrespondiert?«

In ihr Gesicht stieg Zornesröte.

»Ich wüßte nicht, was Sie oder jemand anders das angeht. Was bezwecken Sie mit Ihren unverschämten Fragen? Meinen Sie vielleicht, Sie könnten sich mit einer alleinstehenden Frau, die sich ihr Brot mit ihrer eigenen Hände Arbeit mühsam genug verdienen muß, alles erlauben? Bitte verlassen Sie sofort meine Wohnung!«

Nun, das war eine recht heftige Reaktion auf eine zwar direkte, aber doch wohl harmlose Frage.

»Es wäre besser, wenn Sie antworten. Oder ist es Ihnen lieber, wenn ich die Polizei einschalte? Vielleicht denken Sie an den Skandal. – Ich habe meine guten Gründe für meine Frage.«

»Wollen Sie mir drohen?« Sie stampfte mit dem Fuß auf. »Glauben Sie, ich hätte etwas zu verbergen?«

»Nun, wenn Sie nichts zu verbergen haben, dann können Sie mir auch die Frage beantworten, ob Sie Sir Charles geschrieben haben?«

»Allerdings, um ihm zu danken. Wäre er nicht gewesen und hätte mir Arbeit verschafft, mein Vater hätte mich ohne Wimpernzucken verhungern lassen!«
»Wann war das, daß sie ihm geschrieben hatten?«
»Das weiß ich nicht mehr. Es ist jedenfalls schon länger her. Und von privaten Briefen pflege ich keine Durchschläge zu machen.«
»Kannten Sie Sir Charles persönlich?«
»Ja, er war ein- oder zweimal hier bei mir, um zu sehen, wie es mir geht.«
»Ist das nicht etwas außergewöhnlich? Wie kam er überhaupt dazu, sich Ihrer anzunehmen?«
»Wenn Sie Sir Charles gekannt hätten, dann wüßten Sie, daß er die Großzügigkeit in Person war. Als die Geschichte mit meinem Mann passierte, war er der erste, der sich um mich kümmerte. Er verschaffte mir eine Schreibmaschine und sorgte dafür, daß ich Aufträge bekam. Zum Beispiel von Mr. Stapleton. Mr. Stapleton und Sir Charles kannten sich ja sehr gut.«
»Sir Charles besuchte Sie von sich aus? Sie haben ihn nicht aufgefordert herzukommen?«
»Nein, das hätte ich nie gewagt!«
»Nun, Frau Lyons, Sie scheinen ein sehr schlechtes Gedächtnis zu haben. Schrieben Sie nicht Sir Charles unmittelbar vor seinem Tode: ›Bitte, bitte, wenn Sie ein Gentleman sind, verbrennen Sie diesen Brief und seien Sie um zehn Uhr an der Pforte. L. L.‹ Sollten nicht vielleicht doch Sie jene L. L. gewesen sein, Frau Laura Lyons?«
Sie zuckte zusammen und wurde ganz blaß. Ich befürchtete schon, daß sie in Ohnmacht fiele. Aber sie nahm sich eisern zusammen.
»Er war also doch kein Gentleman!«
»Da tun Sie Sir Charles Unrecht, Frau Lyons. Er hat den Brief verbrannt. Nur konnte man einen Teil davon trotzdem noch lesen. Sie geben jetzt also zu, ihm geschrieben zu haben?«
»Ja! Warum soll ich's leugnen? Ich bat ihn um Hilfe. Und weil ich glaubte, daß ich ihm mein Anliegen besser mündlich würde vortragen können, bat ich um ein Gespräch.«

»Nachts um zehn Uhr an der Gartenpforte?«
»Die Sache war dringlich, denn Sir Charles wollte am nächsten Tag nach London reisen. Das hatte ich aber erst sehr spät erfahren. Und die Pforte schien mir für eine alleinstehende Frau, die auf ihren Ruf achten muß, ein neutralerer Ort als das Wohnzimmer eines Junggesellen, noch dazu eines Baskerville.«
»Also ich weiß nicht, ob ich Ihnen da ganz folgen kann, Frau Lyons. – Nun gut. Und was passierte dann bei der Pforte?«
»Ich bin gar nicht hingegangen.«
»Das soll ich Ihnen glauben?«
»Ich ging nicht hin, weil mir etwas dazwischen kam.«
»Was war das?«
»Eine private Sache. Sie hat mit Sir Charles überhaupt nichts zu tun.«
»Aber Frau Lyons!«
»Es war eine private Angelegenheit, Dr. Watson. Aber mehr kann ich Ihnen nicht sagen!«
»Sie geben also zu, mit Sir Charles zur wahrscheinlichen Stunde seines Todes und an dem Ort, wo er starb, verabredet gewesen zu sein, behaupten aber, nicht hingegangen zu sein?«
»So ist es!«
Und dabei blieb sie, so sehr ich sie auch ins Kreuzverhör nahm. Schließlich gedachte ich dem fruchtlosen Gespräch ein Ende zu machen:
»Nachdem Sie nicht gewillt sind, ganz offen zu sein, weiß ich nicht, ob ich Ihnen die Polizei ersparen kann. Sie wird sich nämlich ebenso wie ich fragen, warum Sie zunächst leugneten, Sir Charles überhaupt einen Brief geschickt zu haben.«
»Ich wollte vermeiden, daß Sie falsche Schlüsse ziehen. Der Ruf einer alleinstehenden Frau ist rasch ruiniert.«
»Und warum sollte Sir Charles den Brief unbedingt verbrennen?«
»Warum fragen Sie? Wenn Sie den Brief gelesen haben, werden Sie es ja wissen!«
»Ich habe nicht behauptet, den ganzen Brief gelesen zu haben!«

»Um so besser. Es ging um ganz persönliche Dinge, die nur mich etwas angehen.«
»Dann sollten Sie aber auch bemüht sein, daß die Dinge Ihr Geheimnis bleiben. Ich kann Ihnen das garantieren. Ob aber auch die Polizei? Sie wissen, der sind immer gewisse Sensationsreporter auf den Fersen.«
»Also gut, ich will es Ihnen sagen und vertraue auf Ihre Verschwiegenheit. – Sie wissen, daß mich mein Mann verließ?«
»Ja, ich habe davon gehört.«
»Er verließ mich zwar, aber seitdem verfolgt er mich mit Geldforderungen. Und er droht mir, wenn ich sie nicht erfüllte, würde er mich zwingen, wieder mit ihm zusammenzuleben. Das Gesetz ist auf seiner Seite. Schließlich bot er mir für eine bestimmte, große Summe doch die Scheidung an. Hätten Sie an meiner Stelle nicht auch alles versucht, sich endlich freizukaufen? Nun, ich wandte mich an Sir Charles mit der Bitte um Hilfe und glaubte, ihr im persönlichen Gespräch mehr Nachdruck verleihen zu können als in einem Brief.«
»Warum sind Sie dann doch nicht hingegangen?«
»Weil ich von anderer Seite Hilfe bekam.«
»Und das haben Sie Sir Charles nicht mitgeteilt?«
»Wie konnte ich, wenn er am nächsten Morgen tot war?«
Also sehr befriedigend war Laury Lyons Erklärung nicht. Aber ich vermochte keinen Widerspruch zu entdecken. Wenn jetzt noch ihr Mann die Scheidungsabsichten bestätigte, dann war sie sicher ganz aus dem Kreis der Verdächtigen auszuschließen.
Dennoch, ein ungutes Gefühl blieb. Irgendwie fühlte ich mich am Ende dieses Gespräches genarrt. Jede Spur, die ich aufnahm, verrann im Sande. Das einzige, was noch blieb, war der Fremde im Moor. Aber wo anfangen, den zu suchen? Das Moor war groß. Dort jemand zu finden, der verborgen bleiben wollte, schien aussichtslos. Ich konnte natürlich jede Hütte, jedes Loch und jeden Spalt im Fels untersuchen. Aber um hier fündig zu werden, da mußte mir der Zufall schon kräftig unter die Arme greifen.
Und er griff. Er griff in Gestalt des alten Frankland ein. Als ich

an seinem Haus vorüberfuhr, stand er am Gartenzaun und begrüßte mich lärmend: »Hallo, Dr. Watson, lassen Sie Ihre Pferde etwas verschnaufen und trinken Sie ein Glas Wein mit mir!«

Nun hegte ich in diesem Moment nicht gerade die freundlichsten Gefühle für den Mann, der sein eigen Fleisch und Blut so schlecht behandelt hatte. Andererseits bot sich so eine gute Gelegenheit, Perkins und die Pferde loszuwerden, um später ungestört im Moor nach dem Fremden forschen zu können.

Ich nahm also die Einladung an. Perkins befahl ich, nach Hause zu fahren und Sir Henry zu bestellen, daß ich mich zum Abendessen wieder einfinden würde.

Frankland führte mich in den Salon: »Heute ist ein großer Tag für mich«, strahlte er. »Gleich zwei Prozesse habe ich gewonnen. Die Leute sollen ruhig merken, daß es Gesetze gibt und einen, der darüber wacht, daß sie eingehalten werden.«

»Was Sie natürlich kaum beliebt machen wird«, entgegnete ich.

»Auf die Beliebtheit pfeife ich«, fuhr er auf. »Hier geht es um Gesetz und Ordnung. Darum beispielsweise, daß der alte Middleton niemandem verbieten kann, durch seinen Park zu gehen. Und wenn die Leute meinen, sie könnten im Wald picknicken und einfach ihren ganzen Abfall liegenlassen, dann sorgt der alte Frankland dafür, daß das aufhört. Notfalls mit Hilfe des Gerichtes.«

»Hätte man das nicht auch mit einem Appell an die Vernunft erreichen können?«

»Vernunft?« Er lachte bitter. »Wo, frage ich Sie, finden Sie heute noch Vernunft? Manchmal glaube ich, ich bin der einzige Vernünftige in einer Welt, in der jedermann nur auf seinen Vorteil bedacht ist.«

»Aber warum überlassen Sie die Händel nicht den Betroffenen? Es hat Sie doch wohl niemand beauftragt?«

»Nein, natürlich nicht. Brauche ich einen Auftrag, um dem Recht zu seinem Recht zu verhelfen und für die Einhaltung der Gesetze zu sorgen? Und wenn die Polizei beispielsweise zu dumm ist, einen entflohenen Gefangenen wieder einzufangen,

dann muß eben ich als Bürger dafür sorgen, daß er wieder hinter Schloß und Riegel kommt.«
»Meinen Sie Selden? Der ist doch längst über alle Berge!«
»Sehen Sie, Dr. Watson, Sie denken genauso wenig nach wie alle anderen. Bloß weil ihn niemand mehr gesehen hat, muß er noch lange nicht fort sein. Der Kerl wäre doch schön dumm, wenn er sich blicken ließe.«
»Mr. Frankland, wollen Sie damit sagen, Sie wissen, wo sich Selden versteckt hält?«
»Das nicht. Aber ich könnte ihn Ihnen jederzeit wie auf einem Tablett präsentieren!« Er kicherte. »Ich will die hochnäsigen Gesetzeshüter nur noch ein bißchen schmoren lassen.«
»Na schön. Mich würde allerdings interessieren, wie Sie so sicher sein können, daß Sie ihn jederzeit fassen können.«
»Glauben Sie mir, Dr. Watson, die Dummheit unserer Polizei ist manchmal nicht zu übertreffen! Man braucht doch nur zu überlegen, daß Selden nicht von Luft und Wasser leben kann. Selbst beschaffen kann er sich Nahrungsmittel nicht. Man würde ihn spätestens beim zweiten oder dritten Mal schnappen. Also muß er jemand haben, der ihn mit dem Nötigsten versorgt und zwar tagsüber, denn nachts ist das Moor viel zu gefährlich. Jetzt brauche ich nur noch zu schauen, ob jemand regelmäßig ins Moor geht, und schon habe ich den Gesuchten.«
»Fantastisch.« Ich war ehrlich beeindruckt. »Und haben Sie entsprechende Beobachtungen gemacht?«
»Was denken Sie! Den alten Frankland täuscht keiner. Ich kann Ihnen einen Fahrplan für die Versorgungsgänge geben!«
»Tatsächlich? Das ist ja unglaublich!«
»Ja, da staunen Sie. Selden hat einen vielleicht vierzehnjährigen Jungen, der ihn versorgt. Jeden Tag geht er zur gleichen Zeit den gleichen Weg. Man kann ihn durchs Fernrohr genau beobachten. Und wohin geht er? Zum Sträfling natürlich, wohin sonst.«
Da allerdings irrte der gute Frankland. Der Junge mußte wohl zu dem geheimnisvollen Fremden gehen, den ich bei der Verfolgung Seldens nachts im Moor gesehen hatte. Ich wußte ja von Barrymore, daß dieser Fremde von einem Jungen versorgt

wurde. Aber das brauchte ich Frankland nicht auf die Nase zu binden. Jedenfalls brachte mich seine Beobachtung ein gewaltiges Stück weiter. Die Aussicht, den geheimnisvollen Fremden zu stellen, wuchs. Mal sehen, ob ich Frankland noch mehr Einzelheiten entlocken konnte.

»Mr. Frankland, Ihre Behauptung scheint mir doch allzu kühn. Der Junge, den Sie da täglich ins Moor gehen sehen, kann doch auch der Sohn irgendeines Schäfers sein, der seine Schafe im Moor weidet.«

Meine List hatte Erfolg. Frankland vergaß alle Geheimnistuerei. Er sprang wütend auf und schaute mich herausfordernd an: »So, meinen Sie? Sie glauben also, es geht um einen Schäfer? Ha! Daß ich nicht lache! Sehen Sie da hinten die Felsnadel?« Er packte mich am Arm und zerrte mich zum Fenster. »Das ist Black Tor. Und sehen Sie den kahlen, mit Steinen übersäten Felsbuckel davor? Dort soll ein Schäfer seine Herde weiden? Das kann auch nur ein Stadtfrack sagen, der nicht weiß, wo bei einem Schaf vorn und hinten ist. Das ist ja lächerlich!«

Ich beeilte mich, ihm zu versichern, daß selbstverständlich er die Situation besser beurteilen könne als ich. Aber, solange er keinen zweifelsfreien Beweis in der Hand habe, seien doch wohl Zweifel erlaubt.

Es war, als hätte ich Öl ins Feuer gegossen.

»Was?« höhnte er. »Sie glauben, Sie müßten Zweifel anmelden? Der alte Frankland soll sich irren? Der hat sich noch nie geirrt, das können Sie mir glauben! Und wenn Frankland etwas behauptet, dann hat er seine guten Gründe dafür! Fast jeden Tag sah ich den Jungen. Und immer schleppte er ein Bündel. Wenn Sie sich hier nur ein bißchen auskennten, dann ... da, da ist er wieder!«

Er wies aufs Moor. Tatsächlich sah man einen schwarzen Punkt den Hügel hinaufkriechen.

»Schnell das Fernrohr, dann sehen wir ihn genau. Kommen Sie, überzeugen Sie sich selbst!«

In Windeseile hatte er das Instrument aus seinem Futteral gezogen und auf den Punkt eingestellt.

»Ja«, jubelte er, »es ist der Junge. Da, schauen Sie ihn sich an, vielleicht glauben Sie mir dann.«
Er drückte mir das Fernrohr in die Hand. Und als ich hindurchblickte, sah ich tatsächlich einen etwa vierzehn Jahre alten Jungen in zerlumpten Kleidern langsam, aber gleichmäßig den Hügel emporsteigen. In einer Hand trug er ein schweres Bündel. Als er den Kamm erreicht hatte, blieb er stehen und sah sich mehrmals um, so als ob er sich verfolgt fühlte. Dann verschwand er. Ich setzte das Fernrohr ab.
»Na, habe ich recht?« fragte Frankland triumphierend.
»Mindestens soweit, daß da ein schwerbeladener Junge ins Moor ging.«
»Wobei der dümmste Polizist erraten könnte, wozu. Aber kein Wort davon zur Polizei, Dr. Watson. Das müssen Sie mir versprechen!«
»Wenn Sie es unbedingt wollen.«
»Ja, die Kerle sollen sich ruhig noch ein bißchen anstrengen. Dummheit muß bestraft werden. – Noch ein Gläschen Port, Dr. Watson?«
Ich lehnte ab. Allmählich ging mir der alte Narr mit seinen unsinnigen Vorurteilen gegen die Polizei auf die Nerven. Schließlich versahen die Beamten ihren nicht immer einfachen Dienst gewiß mit vollem Einsatz.
Nachdem wir noch ein paar belanglose Bemerkungen getauscht hatten, gelang es mir, mich zu verabschieden.
Solange mich Frankland noch sehen konnte, ging ich in Richtung des Schlosses. Doch dann bog ich bei der ersten Gelegenheit zum Moor hin ab und steuerte den Hügel an, hinter dem der Junge verschwunden war. Eine solche Chance, den Fremden zu stellen, bekam ich nur einmal. Als ich den Hügelkamm erreichte, näherte sich die Sonne bereits dem Horizont. Während die Hügelflanken noch im Abendlicht leuchteten, nisteten in den Senken schon tiefe Schatten. Aus dichtem Dunst ragten am Horizont die fantastischen Formen von Belliver und Vixen Tor. Soweit das Auge sah, regte sich kein Leben. Die einzige Bewegung in das öde Bild brachten ziehende Nebelfetzen und ein großer, grauer Vogel, der über mir lautlos seine Kreise zog.

Er und ich schienen die einzigen Lebewesen in dieser kalten und abweisenden Wüste. Ich fröstelte und zog den Mantel enger um die Schultern.
Der Junge war nirgends zu sehen. Aber etwas tiefer, nicht weit weg, sah ich eine Hütte, die sich eng an einen Felsen schmiegte. Sie war zwar halb verfallen, aber offensichtlich noch so weit erhalten, daß sie Schutz vor dem ärgsten Wetter bot. Sie mußte das Versteck des Fremden sein. Ich drückte meine Zigarette aus, jetzt wurde es ernst.
Jede Deckung ausnützend schlich ich bergab und kreuzte dabei einen ausgetretenen Trampelpfad. Hier schienen viele Leute zu laufen. In der Hütte rührte sich nichts. Was jetzt tun? Lauerte der Fremde drinnen oder war er unterwegs? Die letzten Meter boten mir keinerlei Deckung mehr. Nun, ich mußte es einfach darauf ankommen lassen. Ich zog den Revolver, spannte alle Muskeln und sprang in ein paar mächtigen Sätzen zur Tür, stieß sie mit dem Fuß weit auf, blieb aber draußen und drückte mich möglichst eng an die Außenwand.
»Hände hoch und rauskommen!« rief ich.
Aber es rührte sich nichts. Ich wagte einen Blick um den Türpfosten: Die Hütte war leer, der Vogel ausgeflogen. Doch er hatte deutliche Spuren hinterlassen. Auf einem einfachen Bettgestell mit Strohsack lagen ein paar Wolldecken und ein Regenmantel. Die Asche auf der primitiven Feuerstelle war noch warm. Ein paar Töpfe und eine Pfanne standen darum herum, darunter auch ein halbvoller Eimer mit Wasser. Dem Alkohol schien unser Freund auch nicht ganz abgeneigt: Die Flasche mit offensichtlich hochprozentigem Inhalt war fast leer. Und in der finstersten Ecke entdeckte ich einen Haufen leere Büchsen. Ihrer Menge nach zu urteilen, mußte der Mann schon viele Tage hier hausen. Als Tisch diente ihm ein großer flacher Stein. Darauf lag ein Bündel. Es mußte das sein, das der Junge geschleppt hatte.
Halt, was war das? Unter dem Bündel lag ein Zettel. Ich zog ihn heraus und las: »Dr. Watson ist nach Coombe Tracey gegangen.«
Diese Nachricht versetzte mir doch einen gelinden Schock.

War denn ich es, nicht Sir Henry, den der Fremde belauerte? Was war der Zettel anderes als der Bericht eines seiner Beobachter? Und ich hatte nichts, aber auch gar nichts bemerkt! Das bedeutete höchste Gefahr für mich.
Ich durchsuchte sorgfältig Zentimeter für Zentimeter die Hütte in der Hoffnung, weitere Hinweise zu finden. Aber vergeblich. Der Bursche vernichtete sicherlich die Berichte seiner Beobachter. Und diesen neuesten fand ich nur, weil er vom Empfänger noch nicht gelesen worden war. Das hieß aber auch, daß er heute noch kommen mußte. Na, dem würde ich einen schönen Empfang bereiten.
Hoffentlich ließ er nicht zu lange auf sich warten. Ein gemütlicher Aufenthaltsort war die Hütte nicht. Wenn ich nach oben durch das lückenhafte Dach in den dunkler werdenden Abendhimmel blickte und an die schweren Regengüsse der vergangenen Tage dachte, beschlich mich fast ein Gefühl der Bewunderung für den Mann, der es hier aushielt. Welcher Haß mußte in ihm brennen, daß er das auf sich nahm. Er machte mir – ich gebe das offen zu – Angst. Aber ich wollte unseren Gegner, der sich so trefflich zu verbergen wußte, endlich von Angesicht zu Angesicht kennenlernen, mochte die Begegnung auch übel für mich ausgehen. Aber mußte sie das? Schließlich hatte ich ja das Moment der Überraschung für mich!
Lange mußte ich nicht warten. Oben am Hügel kollerte ein Stein, Schritte knirschten im Sand. Ich zog mich in den dunkelsten Winkel der Hütte zurück. Die Schritte kamen näher, verhielten. Ein paar Minuten rührte sich gar nichts. Der Ankömmling mußte stehengeblieben sein. Ich wagte kaum zu atmen. Sollte ich doch besser gleich zum Angriff übergehen? Doch ich wurde der Entscheidung enthoben, denn erneut knirschte der Kies, ein Schatten füllte die Tür, und in die Stille erklang ein lächelndes: »Hallo! Watson, alter Freund! Wie nett, daß wir uns hier treffen. Aber ich glaube, draußen plaudert sich's doch besser als hier drinnen im Dunkeln.«

Der Tod eines Verbrechers

Das war der zweite Schock dieses Abends für mich, denn die Stimme kannte ich. Das konnte nur Sherlock Holmes sein. Mir fiel ein Stein, nein, ein Felsbrocken vom Herzen. Ich sprang auf und war mit ein paar großen Schritten draußen.
»Mann, Holmes!« rief ich. »Beinahe hätten Sie eine Kugel in den Leib gekriegt. Wie kommen denn Sie hierher?«
»Genau wie Sie, mein lieber Watson, zu Fuß!«
Holmes hatte ein diebisches Vergnügen an der Situation. Er war mager geworden, wie mir ein schneller Blick zeigte, wirkte aber mit seinem gebräunten, straffen Gesicht äußerst gesund und munter. Man hätte ihn für einen Touristen halten können, in seinem Tweedanzug, glatt rasiert und im bügelfrischen Oberhemd. Er sah aus, als käme er direkt aus der Baker Street.
»Ich dachte, Sie seien in London«, sagte ich, als wir uns die Hand schüttelten. »Ach, was bin ich froh, daß Sie hier sind! Aber wie haben Sie mich in dieser Hütte gefunden?«
»Nicht ich habe Sie gefunden, sondern Sie mich!«
»Wie?«
»Ja, ich wohne nämlich hier.«
»Was, Sie wohnen in dieser Hütte? Dann sind Sie der Fremde, der sich im Moor herumtreibt?«
»Na ja, Watson, herumtreiben würde ich's nicht gerade nennen. Und daß Sie irgendwo hier sein mußten, wußte ich auch erst, als ich oben auf dem Hügel ankam.«
»Sie haben meine Fußspuren gesehen?«
»Nein, da überschätzen Sie mich, lieber Watson. Noch nicht

einmal Sherlock Holmes kann das Muster Ihrer Schuhsohlen aus hunderten anderer, fast identischer Muster herauskennen. Sollten Sie mir tatsächlich auflauern wollen, dann müssen Sie sich eine andere Zigarettenmarke zulegen. Die Kippe mit dem Aufdruck Bradley, Oxford Street, liegt droben, direkt neben dem Trampelpfad. Wahrscheinlich war's die letzte Zigarette vor dem Angriff auf die leere Hütte. Habe ich recht?«

»Ich hatte mir die Zigarette schon vor dem Hügelkamm angezündet.«

»Na ja, jedenfalls mußten Sie irgendwo stecken. Und wo konnte das sein? In der Hütte, deren Tür ich beim Weggehen geschlossen hatte, die aber nun offen stand.«

»Die konnte aber auch der Junge offen gelassen haben.«

»Ach, sieh mal an. Von dem wissen Sie auch? Wie haben Sie eigentlich hergefunden?«

»Verraten hat Sie der Junge, der Sie mit Nahrungsmitteln versorgt. Frankland hat ihn mit dem Fernglas beobachtet, und von ihm bekam ich den Tip.«

»Ach, das war das Blitzen, das mir mehrfach auffiel. Ich dachte mir schon, daß da einer mit einem Fernglas hantieren muß. – Wen haben Sie eigentlich in der Hütte erwartet?«

»Den bösen Geist, der hinter allem steckt.«

Holmes lachte schallend: »Sie haben mich für einen Verbrecher gehalten?«

»Ja«, sagte ich und schilderte ihm meine Überlegungen und Vermutungen. Als ich am Ende war, meinte Holmes:

»So ganz unrecht hatten Sie nicht. Es mußte Sie ja stutzig machen, wenn außer Selden noch ein Mann im Moor herumgeisterte, genau dort, wo alles Übel seinen Ausgang zu nehmen scheint. Allerdings meine Figur hätte Ihnen eigentlich auch bei Nacht als Schattenriß im Mondlicht vertraut sein müssen. Sie hätten sich damit manches Kopfzerbrechen erspart. – Doch wollen mal sehen, was der Junge gebracht hat.«

Er trat in die Hütte, während ich draußen blieb. Kurze Zeit später kam er wieder heraus.

»Ah, Sie waren in Coombe Tracey«, sagte er und wedelte mit dem Zettel in der Hand.

»Ja.«
»Bei Frau Lyons?«
»Hm.«
»Sehr gut. Dann können wir die Ergebnisse unserer Nachforschungen vergleichen und damit vielleicht endgültig Licht in die düstere Geschichte bringen. Was hat denn Frau Lyons gesagt?«
»Gleich – erst möchte ich wissen, wie Sie überhaupt hierher kommen, Holmes? Ich denke, Sie sitzen in der Baker Street und stecken bis über beide Ohren in der Arbeit. Statt dessen betreiben Sie auf eigene Faust Nachforschungen. Das nenne ich nicht gerade fair. Sie hätten mir ja wenigstens Bescheid sagen können.«
»Halt, mein lieber Watson. Die Sache hat durchaus ihren Sinn.«
»Da bin ich aber neugierig, wie Sie diesen Mißtrauensbeweis wegargumentieren wollen.«
»Mir scheint, Watson, Ihr Temperament hat wieder einmal über den kühlen Verstand triumphiert. Hätte ich mehr erfahren als Sie, wenn ich aufs Schloß gekommen wäre? Wir wissen doch oder glauben zu wissen, daß alles, was dort geschieht, genauestens verfolgt wird. So aber konnte ich mich frei bewegen und wenn möglich sofort eingreifen. Ich bin und war für unseren Gegner der Unbekannte, vielleicht alles entscheidende Faktor. Sehen Sie das nicht?«
»Aber Sie hätten mir doch wenigstens sagen können, daß Sie sich in der Nähe aufhalten!«
»Und Ihnen so Ihre Unbefangenheit nehmen. Oder hätten Sie nicht schon bald das Bedürfnis gehabt, mir etwas ganz Wichtiges mitzuteilen? Und wenn ich an das grausliche Wetter der vergangenen Tage denke – mein Freund Watson hätte es sich bestimmt nicht nehmen lassen, mir aus lauter Sorge um mein Wohlergehen ein paar Wollsocken und zusätzliche Decken zu bringen. Nein, nein. Es war schon besser so. Und in dem Jungen hatte ich außerdem noch einen unschätzbaren Beobachter. Wer achtet schließlich schon groß auf so ein Bürschchen?«
»Dann waren also alle meine Berichte für die Katz?«

»Aber wo denken Sie hin, mein Lieber? Ich hatte natürlich dafür gesorgt, daß mich Ihre Briefe sofort erreichten. Keiner hat länger als vierundzwanzig Stunden bis zu mir gebraucht. Ihre Berichte waren mir eine unschätzbare Hilfe. Mein Kompliment für Ihren Fleiß und Ihre Umsicht.«
Das Lob tat mir offengestanden gut, vor allem, weil Holmes sich nur selten zu einer Anerkennung herabließ. Er neigte viel mehr dazu, Kritik zu üben.
»Aber lassen Sie uns in die Hütte gehen, hier draußen wird's allmählich kalt«, fuhr Sherlock Holmes fort. »Und jetzt erzählen Sie mir endlich, was Sie bei Frau Lyons erfahren haben.«
Was ich erzählte, interessierte ihn sehr. Jede kleinste Einzelheit quetschte er aus mir heraus. Schließlich sagte er: »Ausgezeichnet, Watson. Damit hat sich die letzte Lücke in der Geschichte geschlossen. Wissen Sie übrigens, daß sich Laura Lyons und Jack Stapleton bestens kennen?«
»Ich weiß nur, daß Stapleton Laura Lyons mit Schreibarbeiten versorgt.«
»Viel mehr, Watson, viel mehr! Die beiden sind ein Herz und eine Seele. Ich glaube, wenn er könnte, würde er Sie heiraten.«
»Was nicht geht, weil sie ja noch nicht geschieden ist.«
»Und er auch nicht«, ergänzte Holmes trocken.
»Was, Stapleton ist verheiratet? Ich denke, er ist Junggeselle und lebt seit Jahren mit Beryl, seiner Schwester, zusammen. Deshalb will er sie ja nicht an Sir Henry hergeben.«
»Ja, die beiden leben tatsächlich schon einige Zeit zusammen, aber als Mann und Frau. Sie sind nämlich miteinander verheiratet.«
»Sind Sie sicher, Holmes? Beryl ist Jacks Frau, nicht seine Schwester?«
»Ganz sicher!«
»Deshalb also sein Theater, weil sich Sir Henry in Beryl verliebte. Aber wozu das Täuschungsmanöver, weshalb gibt er sie als seine Schwester aus?«
»Ich nehme an, daß er damit und mit dem falschen Namen alle Spuren zu seiner Vergangenheit verwischen will. Außerdem paßte eine Schwester besser in seine Pläne.«

Mir fiel es wie Schuppen von den Augen: »Dann ist also er derjenige, der hinter allem steckt? Dann war er's, der uns in London verfolgte?«
»Ja, das muß Stapleton gewesen sein.«
»Und die Warnung kam von seiner Schwester, ach nein, seiner Frau?«
»So war's.«
Jetzt auf einmal paßten die Ereignisse, bekamen sie Logik. Und wenn es doch eine andere Erklärung gab?
»Sind Sie auch ganz sicher, Holmes? Woher wissen Sie überhaupt, daß Beryl Jacks Frau ist?«
»Er war so unvorsichtig, Ihnen beim ersten Gespräch ein paar nachprüfbare Tatsachen zu erzählen, was er inzwischen sicher schon mehr als einmal bereut hat. Jack Stapleton leitete nämlich wirklich eine Privatschule in Nordengland. Diese Schule ist unter höchst unerfreulichen Umständen eingegangen. Die Eigentümer, ein Ehepaar, verschwanden spurlos. Ihre Beschreibung paßt haargenau auf unser sauberes Pärchen.«
»Aber was hat Stapleton vor?«
»Er sinnt auf Mord, auf gemeinen, kaltblütigen Mord. Fragen Sie mich nicht weiter, Watson. Noch kann ich's nicht zweifelsfrei beweisen. Seine Pläne richten sich gegen Sir Henry Baskerville. Hoffen wir nur, daß wir ihm zuvorkommen. Nur einen, höchstens zwei Tage noch und wir können ihn so festnageln, daß er uns nicht mehr entkommt. Machen wir Schluß für heute, Watson. Sie sind schon viel zu lange weg von Ihrem Aufpasserposten. Sie sollten im Schloß und an der Seite des Baronets sein. Glauben Sie mir, er schwebt in höchster Gefahr. Ihr Ausflug hierher war durch die Umstände gerechtfertigt. Aber ich wünschte, Sie wären bei ihm geblieben. Hoffen wir nur, daß Sie nicht zu spät zurückkommen.«
In diesem Moment ertönte ein fürchterlicher Schrei, ein Schrei höchsten Entsetzens. Wir sprangen auf und liefen vor die Hütte.
»Was war das?« rief ich.
»Pst, seien Sie still, Watson«, zischte Sherlock Holmes. »Woher kam der Schrei?«

»Ich weiß nicht. Sicher aus dem Moor.«
»Es muß ein Mensch gewesen sein, der schrie. Hoffentlich ist ihm nichts passiert.«
Und wieder erklang der Schrei, um einiges näher. Es hörte sich an, als sei ein Mensch in höchster Todesnot.
»Wenn wir nur wüßten, wo der Unglückliche steckt.«
Aus Holmes' Stimme klang fast so etwas wie Verzweiflung.
Zum dritten Mal schrie es, verzweifelt und gehetzt, als ob jemand mit letzter Kraft um Hilfe riefe. Und in den Schrei mischte sich ein gräßliches, knurrendes Bellen, das aus tiefer Kehle kam.
»Um Gottes willen der Hund!« rief Sherlock Holmes. »Schnell hin! Hoffentlich kommen wir nicht zu spät!«
Und in mächtigen Sätzen lief er in die Richtung, aus der jetzt in immer kürzeren Abständen die Schreie kamen, begleitet vom Hetzlaut eines großen Hundes. Ich stolperte, so schnell ich konnte, hinter Holmes durch die Finsternis, denn es war über unserem Gespräch in der Hütte längst dunkel geworden.
Die Schreie steigerten sich zu einem schrillen Kreischen, das plötzlich abbrach. Und darauf erklang einmal, zweimal, dreimal jenes fürchterliche stöhnende Heulen, das ich schon zweimal gehört hatte und das einem das Blut in den Adern stocken ließ. Und dann nichts mehr, kein Laut, Totenstille. Es war, als ob Moor und Nacht den Atem anhielten.
Holmes rief verzweifelt aus: »Zu spät! Er war schneller. Oh, warum habe ich nicht zugeschlagen, solange noch Zeit war! Ach, wären Sie doch auf Ihrem Posten geblieben, Watson. Aber wir werden ihn rächen, das schwöre ich – kommen Sie, wir können ihn nicht liegenlassen.«
So stolperten wir weiter in die Richtung, aus der die letzten Schreie erklungen waren, keuchten Hügel hinauf und hinab, krochen durch Ginsterbüsche, wateten durch Wasser und Morast, stießen uns die Schienbeine an Felsen wund. Ein wahres Wunder, daß wir nicht auf eine der zahlreichen grundlosen Stellen gerieten.
Schließlich hielten wir schweratmend am Fuß einer vielleicht fünfzehn Meter hohen Felswand inne und musterten in banger

Erwartung wie so oft schon vorher die dunklen Flecken, ob einer davon sich vielleicht als ein Mensch entpuppe. Wieder nichts. Oder doch? Ein schwacher Seufzer wehte zu uns, nein, ein Hauch nur war's. Von einem der dunklen, unförmigen Flecken kam er. Wir liefen hin. Da lag eine grotesk verrenkte Gestalt, das Gesicht der Erde zugewandt, die Beine wie zum Sprung angezogen.

Ich beugte mich nieder, fühlte den Puls. Nichts mehr, nicht das leiseste Pochen. Der Mensch, der hier lag, hatte gerade seinen letzten Seufzer getan.

»Er ist tot«, sagte ich.

Holmes riß ein Streichholz an, hielt es über den Toten. – Vor uns lag Sir Henry Baskerville. Das Flämmchen erlosch allzu rasch. Aber es konnte keinen Zweifel geben. Den rötlichen Tweedanzug kannten wir zu gut, hatte ihn doch Sir Henry an jenem Vormittag getragen, als er uns in der Baker Street besuchte.

Bedrückt starrten wir auf das Bündel zu unseren Füßen, das einmal ein junger, hoffnungsfroher und vielversprechender Mann gewesen war, hingestreckt jetzt von einer Bestie, hinter der sich ein skrupelloser Mensch verbarg.

Holmes sprach aus, was ich dachte: »Das hätten wir verhindern können. Wir hätten es verhindern müssen! Aber wer konnte auch ahnen, daß Sir Henry allen Warnungen zum Trotz allein ins Moor gehen würde. Und ich in meinem dummen Bestreben, den Fall in allen Einzelheiten perfekt aufzuklären, ich lasse ihn in sein Verderben laufen! Sofort ins Schloß zurückjagen hätte ich Sie müssen, Watson. Wir hörten seine Schreie und konnten ihm doch nicht helfen. Wo ist die Kreatur, die ihn zu Tode hetzte? Liegt die Bestie etwa noch hier zwischen den Felsen verborgen? Und wo ist Stapleton? Ich will die Wahrheit aus ihm herausquetschen. Zwei Menschen hat er auf dem Gewissen, Onkel und Neffen, denn er kann die Bestie auf die beiden gehetzt haben. Aber wie ihm das nachweisen?«

»Wir wissen doch, daß er der Mörder ist!«

»Zwischen Wissen und Beweisen ist ein großer, ein entscheidender Unterschied. Leider, mein lieber Watson. Vor Gericht gilt nur der Beweis. Aber den beschaffen wir uns morgen. Kommen Sie, lassen Sie uns unserem Freund den letzten Dienst erweisen.«

Er bückte sich, um dem Toten die Augen zu schließen, und fuhr mit einem Schrei wieder hoch: »Himmel, er hat einen Bart!«

»Was ist?« Ich verstand nicht.

»Der Tote hat einen Bart! Es ist nicht Sir Henry! Das muß mein Moornachbar sein, der Sträfling!«

Wir drehten den Toten sanft auf den Rücken. Holmes hatte recht. Es war das Gesicht, das mich vor wenigen Tagen im Licht der Kerze oben vom Felsen angestarrt hatte: es war Selden.

In diesem Augenblick war mir alles klar. Der Baronet hatte seine abgelegten Kleider Barrymore gegeben, und der hatte damit seinen Schwager ausstaffiert. Ich erklärte Holmes die Zusammenhänge.

»Dann sind also diese Kleider sein Verhängnis geworden«, sagte er nachdenklich. »Stapleton hat seinen Hund an einem Gegenstand von Sir Henry, wahrscheinlich dem verschwundenen Schuh, Witterung aufnehmen lassen. Der Hund hat dann den Sträfling zu Tode gehetzt, weil der von Kopf bis Fuß in den Sachen des Baronets steckte. Eins bleibt allerdings rätselhaft: Woher wußte Selden überhaupt, daß er verfolgt wurde? Der Hund gab ja offensichtlich erst in der letzten Phase der Jagd Laut. Und warum fürchtete sich dieser hartgesottene, kaltblütige Mörder so sehr vor einem Hund? Und warum lief das Tier gerade heute nacht frei herum? Stapleton muß den Hund irgendwo eingesperrt halten. Irgend etwas muß ihn also auf die Vermutung gebracht haben, Sir Henry sei im Moor.«

»Vielleicht hat er Selden gesehen und der Kleider wegen aus der Ferne für den Baronet gehalten.«

»Sie könnten recht haben, Watson, Stapleton treibt sich so oft im Moor herum, daß er gute Chancen hatte, Selden zu sehen. Aber das Rätsel wird sich sicher lösen lassen. – Was machen wir jetzt mit dem Toten?«

»Wir bedecken ihn mit Zweigen und Steinen, damit Füchse

und Krähen nicht heran können. Morgen früh verständigen wir die Polizei, damit sie sich um die Leiche kümmert.«
»Still, Watson!« unterbrach mich Holmes. »Da kommt doch jemand! Tatsächlich, das muß Stapleton sein. So eine Frechheit! – Kein Wort, daß wir ihn durchschaut haben. Er soll sich ruhig weiter in Sicherheit wiegen. Um so leichter wird es uns dann gelingen, ihn zu überführen.«
Eine dunkle Gestalt näherte sich, blieb etwa zehn Schritte entfernt stehen: »Hallo, wer ist da?«
»Kommen Sie nur näher«, antwortete ich.
»Sie, Dr. Watson? Wie kommen denn Sie nachts hierher? Ist etwas passiert?«
Er war unterdessen ganz herangekommen und sah das Bündel zu unseren Füßen.
»Um Gottes willen! Es wird doch nicht jemand verunglückt sein? Wer ist es? Doch nicht Sir Henry?«
Er beugte sich über den Toten und fuhr mit einem Laut der Überraschung zurück: »A ... das ist ja gar nicht Sir Henry!«
»Nein«, antwortete ich, »es ist Selden, der aus Princetown entflohene Lebenslängliche.«
»Ach!«
Stapleton war sichtlich enttäuscht, faßte sich aber sehr schnell: »Wie ist er denn ums Leben gekommen?« fragte er.
»Er muß sich das Genick gebrochen haben. Genaueres wird die amtsärztliche Untersuchung ergeben. Mein Freund und ich hörten einen Schrei. Doch wir kamen zu spät für jede Hilfe.«
»Den Schrei habe ich auch gehört. Ich hatte schon Sorge, Sir Henry sei etwas passiert.«
»Wie kommen Sie gerade auf Sir Henry?« fragte ich.
»Ach, ich hatte ihn eingeladen, für ein Stündchen zu uns zu kommen. Als er dann nicht erschien und ich den Schrei hörte, befürchtete ich, ihm könnte etwas passiert sein. Außerdem mußte ich – lachen Sie mich ruhig aus, Dr. Watson – an den Hund denken, der im Moor herumgeistern soll. Wissen Sie, ich meine, auch Hundegebell gehört zu haben.«
»Wir haben nichts dergleichen bemerkt«, warf Holmes ein, der sich bisher aufs Zuhören beschränkt hatte.

»Ich verstehe nur nicht, wie Selden ums Leben kam? Haben Sie denn eine Erklärung, Mr. Sherlock Holmes?«
»Mein Kompliment, Mr. Stapleton, daß Sie mich gleich erkannt haben. – Unmittelbare Todesursache war sicher der Sturz über diese Felswand.« Sherlock Holmes deutete auf die steil aufsteigende dunkle Masse hinter dem Toten. »Und die Schreie erkläre ich mir so, daß irgend etwas zum Ausbruch einer Art Verfolgungswahn bei Selden geführt hat, wobei wir nie erfahren werden, was es war. Man könnte natürlich vermuten, daß Seldens Gewissen doch endlich erwachte und ihn seiner gerechten Strafe zuführte.«
Stapleton seufzte. Es klang wie ein Seufzer der Erleichterung. Dann sagte er: »Schade, Mr. Holmes, daß Ihnen das Moor einen so bösen Empfang bereitet. Es hat auch andere, schönere Gesichter.«
»Ja, ich fürchte, ich werde keine guten Erinnerungen mit nach London zurücknehmen.«
»Wollen Sie denn gleich wieder fort?«
»Ja, ich muß.«
»Konnten Sie denn wenigstens Licht in die mysteriösen Umstände von Sir Charles' Tod bringen?«
»Ach, wissen Sie«, entgegnete Sherlock Holmes. »Ich befasse mich mit Tatsachen. Mit Märchen und Gerüchten fange ich nichts an. Da gab es doch nichts, das ernsthafter Nachforschungen bedurft hätte.«
Das kam so überzeugend gleichgültig, daß ich meinem Freund sofort geglaubt hätte, hätte ich es nicht aus seinem eigenen Munde kurz vorher anders gehört. Stapleton schien überzeugt, daß Holmes keinerlei Interesse am Tod des Baronets hatte.
»Decken wir den Toten zu«, sagte er. »Morgen wird sich die Polizei um ihn kümmern. – Wollen Sie nicht noch auf einen Sprung zu uns kommen?«
Wir lehnten dankend ab und machten uns auf den Weg nach Schloß Baskerville, während Stapleton die entgegengesetzte Richtung nach Merripit House einschlug.
»Endlich stehen wir uns Auge in Auge gegenüber«, stellte Holmes befriedigt fest, als wir übers Moor marschierten. »Un-

glaublich, was der Bursche für Nerven hat. Das muß doch ein fürchterlicher Schock für ihn gewesen sein, als er erkannte, daß er den Falschen erwischt hatte. Ich kann nur immer wieder sagen: Selten hatten wir einen gefährlicheren Gegenspieler.«

»Schade, Holmes, daß er Sie gesehen hat.«

»Das läßt sich nun nicht mehr ändern.«

»Stapleton wird sich jetzt sicher zurückhalten, wird besonders vorsichtig sein.«

»Möglich, Watson. Ich rechne aber mehr damit, daß ihn die Begegnung mit mir dazu verleitet, etwas weniger vorsichtig zu sein und seine Pläne zu forcieren. Vielleicht ist es mir gelungen, ihn von meiner Harmlosigkeit zu überzeugen. Er ist zwar sehr schlau, dürfte aber gerade deshalb zur Selbstüberschätzung neigen. Bestimmt ist er überzeugt, uns vollkommen hinters Licht geführt zu haben.«

»Ich meine nach wie vor, wir hätten Stapleton gleich der Polizei übergeben sollen.«

»Oh, Watson, mein Freund. Immer wieder beweisen Sie, daß Sie lieber handeln als denken. Sie wollen nie warten. Was können wir ihm denn nachweisen? Das ist ja eben das Teuflische, daß er sich eines Hundes als Werkzeug bedient. Ein Mensch könnte Zeugnis gegen ihn ablegen. Aber auch wenn wir seinen Hund vor den Richter zerren, vermögen wir doch nicht, Stapleton den Strick um den Hals zu legen.«

»Aber es muß doch eine Möglichkeit geben, Stapleton das Handwerk zu legen!«

»Die müssen wir erst schaffen. Bis jetzt haben wir nichts gegen ihn in der Hand, absolut nichts!«

»Und wie ist es mit Sir Charles' Tod?«

»Er trug keinerlei Zeichen irgendwelcher Gewalteinwirkung, weil er vor Angst starb. Wir wissen, wer ihm diese Angst einjagte. Aber wie zwölf Geschworene davon überzeugen, die weder die Personen noch den Schauplatz kennen! Die können gar nicht genug Fantasie aufbringen, um sich eine so unglaubliche Geschichte vorzustellen. Wenn da wenigstens Bißspuren gewesen wären. Aber es gab keine, denn Sir Charles war tot, bevor der Hund ihn einholte. Jetzt beweisen Sie einmal, daß er

von einem Hund getötet wurde, den ein Mörder ausgeschickt hat. Man würde uns auslachen oder für verrückt erklären, kämen wir damit an.«
»Wir haben aber heute abend den Hund gehört!«
»Haben wir ihn auch gesehen? Nein! Wieder nur ein Beweis vom Hörensagen. Wir haben Hund und Mann nicht zusammen gesehen. Wir wissen, daß der Hund Selden verfolgt haben muß. Aber beweisen können wir es nicht. Bevor wir etwas gegen Stapleton unternehmen, müssen wir uns hieb- und stichfeste Beweise verschaffen.«
»Und wie bekommen wir die?«
»Ich rechne mit der Hilfe von Frau Lyons. Wenn wir ihr erst die Augen über den sauberen Jack geöffnet haben, wird sie uns bestimmt rückhaltlos alles sagen. Und außerdem habe ich da noch ein eigenes Plänchen. Jedenfalls wird morgen einiges zu tun sein. Aber ich hoffe, es ist der letzte Tag, den Stapleton in Freiheit verbringt.«
Ich wollte natürlich Näheres über seine Pläne hören. Aber er gab nichts mehr preis. Als wir zum Schloß kamen, fragte ich: »Kommen Sie mit herein?«
»Ja, warum nicht? Es gibt ja keinen Grund mehr, mich zu verstecken. Sir Henry wird sich sicher freuen, wenn ich ihn begrüße. Aber bitte, erwähnen Sie kein Wort vom Hund. Belassen wir's bei der Erklärung, die ich Stapleton für Seldens Tod gegeben habe. Die Wahrheit würde den Baronet nur unsicher machen. Und er wird morgen seinen ganzen Mut brauchen. Er ist doch zum Abendessen nach Merripit House eingeladen, nicht wahr?«
»Ja, und ich auch.«
»Dann werden Sie sich entschuldigen. Sir Henry muß allein gehen. Doch jetzt wollen wir uns erst einmal das Abendessen schmecken lassen.«

Das Netz zieht sich zusammen

Sir Henry staunte nicht schlecht, als ich mit Sherlock Holmes ankam. Was ihn vor allem wunderte, war, daß Holmes weder Gepäck bei sich hatte noch den Versuch machte, diesen Umstand zu erklären.

Es blieb noch ein bißchen Zeit, bis das Abendessen aufgetragen wurde. Ich nützte sie, um Barrymore Seldens Tod mitzuteilen. Er nahm die Nachricht mit Fassung auf. Insgeheim war er wohl sogar froh, daß sich seine Probleme auf diese Weise erledigt hatten. Seine Frau aber weinte bitterlich um den mißratenen, aber bis zuletzt geliebten Bruder.

Als aufgetragen war, setzten wir uns zum Essen. Es verlief zunächst sehr schweigsam. Wir waren abgespannt, und der Baronet schien mißmutig. Schließlich räusperte er sich und sagte etwas vorwurfsvoll: »Seit Dr. Watson heute früh das Schloß verließ, habe ich mich gelangweilt. Und das, obwohl ich wenigstens ein paar Stunden in angenehmer Gesellschaft hätte verbringen können. Stapleton hatte mich nämlich eingeladen, zu ihm zu kommen. Er wollte mir etwas sehr Interessantes zeigen, rückte aber nicht mit der Sprache heraus. Hätte ich nicht versprochen gehabt, nachts das Moor zu meiden . . .«

»Wären Sie«, unterbrach ihn Holmes, »nach Merripit House marschiert, hätten Sie tatsächlich einen sehr interessanten Abend erlebt. Wir haben Sie übrigens schon als Leiche mit gebrochenem Genick betrauert.«

Sir Henry starrte ihn perplex an. Schließlich faßte er sich wieder und rief: »Was sagen Sie da? Ich, eine Leiche?«

Wir erzählten ihm Seldens Geschichte, ohne allerdings den Hund zu erwähnen.

»Und er hatte meine Kleider an, sagen Sie?« vergewisserte sich der Baron am Ende des Berichts noch einmal.

»Allerdings. Barrymore muß sie ihm gegeben haben. Ich fürchte, Sie kriegen Scherereien mit der Polizei.«

»Wohl kaum, denn die Sachen dürften sich in keinem Fall als mein Eigentum identifizieren lassen.«

»Was ein Glück ist«, sagte Holmes ernst. »Sie haben sich alle miteinander strafbar gemacht. Ich weiß nicht, ob ich es mir leisten kann, Ihr Verhalten auch noch durch mein Schweigen zu decken.«

»Ach, erzählen Sie mir lieber«, lenkte Sir Henry ab, »wie weit Sie in unserer Angelegenheit gediehen sind. Wissen Sie sich jetzt einen Reim auf die Ereignisse zu machen? Dr. Watson und ich sind jedenfalls nicht viel klüger geworden.«

»Ich stehe kurz vor der Aufklärung des Falls«, antwortete Holmes. »Nur noch ein paar Einzelheiten fehlen mir. Doch soviel kann ich jetzt schon sagen: Hinter allem steckt ein kaltblütig planender Verbrecher. Er hat auch Ihren Onkel auf dem Gewissen. Mehr möchte ich im Moment allerdings nicht sagen.«

»Es gibt tatsächlich einen Hund, Mr. Holmes. Dr. Watson und ich haben ihn selbst gehört, als wir im Moor waren. Es war ein Hund, dafür verwette ich meinen Kopf. Schließlich habe ich drüben, überm großen Teich, genug mit Hunden zu tun gehabt, um zu wissen, wie sie heulen und bellen.«

»Der Hund von Baskerville hat bald ausgebellt, das verspreche ich Ihnen. Allerdings nur, wenn Sie mir dabei helfen, Sir Henry!«

»Das ist doch selbstverständlich!«

»Aber ich muß Sie bitten, meine Anweisungen unbedingt zu befolgen, ohne zu fragen!«

»Ich will's versuchen, obwohl mir das verdammt schwerfallen wird. Das weiß ich jetzt schon.«

»Es muß aber so sein, wenn wir ...«

Holmes hob den Blick und verstummte abrupt. Er starrte über mich hinweg auf die Wand.

»Was ist, warum sprechen Sie nicht weiter?« fragte der Baronet und folgte Holmes' Blick. »Ach, Sie interessieren sich für die Ahnengalerie?«
Holmes reagierte nicht gleich, doch dann wandte er den Blick wieder ab. Über sein Gesicht huschte ein triumphierendes Lächeln.
»Entschuldigen Sie, Sir Henry. Ich muß gestehen, daß mich tatsächlich diese Charakterköpfe an der Wand für einen Augenblick gefangennahmen. Es sind die Baskervilles, nicht wahr? Und noch dazu von Meisterhand gemalt.«
»Das weiß ich nicht, dafür verstehe ich zu wenig von Kunst. Fragen Sie mich lieber nach einem Pferd oder einer Kuh. Über deren Qualitäten kann ich erschöpfend Auskunft geben. – Aber ich weiß, daß die Porträts an der Wand meine Vorfahren darstellen.«
»Man muß kein Kunstkenner sein, um die Qualität eines Porträts zu beurteilen. Schauen Sie sich doch einmal den dicken Mann mit der Perücke an, wie ausgezeichnet es dem Porträtisten gelungen ist, Charakter und Persönlichkeit einzufangen. Mal sehen, ob das Bild signiert ist.«
Holmes stand auf und trat zum Bild.
»Ah, ein Reynolds. Und hier daneben, die Dame in blauer Seide, das ist ein – tatsächlich! Sie ist von Gainsborough gemalt! – Wer ist eigentlich dieser ältere Herr mit dem Fernrohr?«
»Konteradmiral Baskerville. Er diente unter Rodney in Westindien. Daneben hängt das Porträt von Sir William Baskerville, das ist der im blauen Frack. In der Hand hält er eine Pergamentrolle. Er war im achtzehnten Jahrhundert, zu Zeiten des Älteren Pitt, ein bekanntes Unterhausmitglied.«
»Und der Kavalier hier, der im schwarzen Samtrock mit Spitzenkragen?«
»Der sollte Sie besonders interessieren, Mr. Holmes. Das ist der berüchtigte Hugo, der, dem die Familie ihren Fluch verdankt.«
Ich stand auf und trat neugierig neben Holmes.
»Ach«, entfuhr es mir. »Den hätte ich mir aber ganz anders vorgestellt. Nicht halb so sanft und zierlich, viel kräftiger und

wilder. Also entweder ist der Hugo der Familiensage eine Erfindung oder der Künstler hat seinem Auftraggeber sehr geschmeichelt.«

»Watson hat nicht ganz unrecht«, meinte Holmes.

»Wenn Sie das Bild umdrehen, finden Sie die Jahreszahl 1647 und den handschriftlichen Vermerk, daß Hugo Baskerville dargestellt ist. Ich habe keinen Anlaß, dieser Angabe zu mißtrauen. Allerdings kann man natürlich von einem Porträt nicht verlangen, daß es die Realität abbildet, wie ein Foto.«

Wir setzten uns wieder an den Tisch. Holmes fiel in seine Einsilbigkeit zurück. Seine Augen wanderten immer wieder zu Sir Hugos Porträt. Warum, das wurde mir klar, nachdem Sir Henry sich zurückgezogen hatte.

Holmes bat mich, noch einmal einen Blick auf das altersdunkle Bild zu werfen, das er mit einer Kerze beleuchtete.

»Fällt Ihnen nichts auf?« fragte er.

Ich studierte ein Weilchen das schmale, langgezogene Gesicht und revidierte mein erstes Urteil. Der Künstler hatte den wahren Charakter gut versteckt. Nicht Sanftmut war der beherrschende Charakterzug. Je länger ich Hugo betrachtete, desto deutlicher traten Herrschsucht, Kälte, Unbarmherzigkeit, ja Grausamkeit hervor, abzulesen vor allem an Mund und Augen.

»Nun, Watson«, unterbrach Holmes ungeduldig meine Überlegungen. »Erkennen Sie keine Ähnlichkeit?«

»Die Kinnpartie erinnert an Sir Henry!«

»Ein bißchen. – Aber warten Sie!«

Er holte einen Stuhl, stieg hinauf und verdeckte mit gekrümmtem Arm Schlapphut und lange Locken.

»Himmel!« rief ich. »Das ist ja Stapleton!«

»Na also, jetzt sehen auch Sie es. Mir ist die Ähnlichkeit gleich aufgefallen. Und wären Sie so wie ich darin geübt, Verkleidungen zu durchschauen, hätten Sie's auch gleich bemerkt.«

»Die Ähnlichkeit ist wirklich verblüffend!«

»Wobei offensichtlich auch charakterlich einige Ähnlichkeiten vorhanden sind!« sagte Sherlock Holmes. »In jedem Fall muß Stapleton ein Baskerville sein, das ist klar.«

»Und infolgedessen ein Anwärter auf das Erbe!«
»Natürlich. Und damit haben wir auch das wichtigste und letzte noch fehlende Glied in unserer Beweiskette, das Motiv! Jetzt haben wir ihn. Er zappelt in unserem Netz wie einer seiner Schmetterlinge. Und spätestens morgen prangt er fein säuberlich aufgespießt und etikettiert in unserer Sammlung in der Baker Street.«
Holmes wandte dem Bild den Rücken und lachte triumphierend. Ich kannte dieses Lachen. Der, dem es galt, hatte ausgespielt.
Ich stand am folgenden Morgen früh auf. Aber Holmes war noch zeitiger dran, denn als ich mich ankleidete, sah ich ihn auf dem Fahrweg aufs Schloß zukommen. Gleich darauf trat er in mein Zimmer.
»Guten Morgen, Watson. Wie gut, daß Sie schon auf sind. Wir haben einen bewegten Tag vor uns. Das Netz ist aufgespannt. Jetzt heißt es nur noch, den Fuchs aus seinem Bau zu treiben.«
»Sind Sie im Moor gewesen?«
»Ich war in Grimpen und habe die Zuchthausverwaltung über Seldens Tod informiert. Und dann habe ich dem Jungen Bescheid gesagt, damit er mich nicht sucht.«
»Was tun wir jetzt?«
»Frühstücken, Watson, frühstücken und die Rollen für den letzten Akt verteilen. Zunächst einmal brauchen wir Sir Henry. Ah, da kommt er ja. Guten Morgen, Sir Henry!«
»Guten Morgen, Holmes! Gut geschlafen?«
»Danke, ausgezeichnet!«
»Ja, das merkt man. Sie sprühen ja förmlich vor Tatkraft. Wenn man Sie da so mit Dr. Watson beisammen sieht, könnte man meinen, der General bespricht mit seinem Adjutanten den Schlachtplan.«
»So ist es auch, Sir Henry!«
»Und welche Befehle haben Sie für mich?«
»Sie waren doch für heute zum Abendessen nach Merripit House eingeladen?«
»Gewiß! Und ich würde mich sehr freuen, wenn Sie mitkommen. Den Stapletons ist es sicher recht.«

»Das geht leider nicht, Sir Henry. Dr. Watson und ich müssen nach London.«
»Nach London?«
»Ja, unaufschiebbare Geschäfte. Sie verstehen.«
Das Gesicht des Baronets wurde lang.
»Ich hatte gehofft, Sie bleiben beide hier, bis der Fall ganz aufgeklärt ist. Schloß Baskerville ist für einen Mann, der allein ist, nicht gerade ein sehr anregender Aufenthaltsort.«
»Bitte, Sir Henry, Sie haben versprochen, meine Maßnahmen nicht in Frage zu stellen.«
»Wann wollen Sie denn fahren?«
»Gleich nach dem Frühstück. Watson läßt sein Gepäck hier, weil er wiederkommt. Zunächst einmal gibt er Ihnen ein paar Zeilen für die Stapletons, daß er zu seinem großen Bedauern nicht kommen kann.«
»Ich hätte wirklich große Lust, mit nach London zu fahren«, murrte der Baronet. »Warum soll ich eigentlich hierbleiben?«
»Weil Sie im letzten Akt eine Hauptrolle spielen. Und der letzte Akt findet hier statt.«
»Also, wenn Sie es wünschen, Mr. Holmes –«. Sir Henry blickte finster. Offensichtlich sah er unsere Abreise als Fahnenflucht an und war tief verletzt.
»Sie fahren also«, fuhr Sherlock Holmes fort, »am Abend nach Merripit House, schicken aber den Wagen gleich zurück. Den Stapletons erzählen Sie – bitte vergessen Sie das ja nicht –, daß wir, Watson und ich, sehr gerne mitgekommen wären, aber leider in dringenden Geschäften nach London gemußt hätten. Wir hofften aber, bald wieder zurückkommen zu können.«
»Warum soll ich eigentlich den Wagen zurückschicken?« fragte Sir Henry. »Sie haben mich doch ausdrücklich davor gewarnt, nachts allein über das Moor zu gehen!«
»Diesmal müssen Sie es. Das ist ein wesentlicher Punkt meines Planes. Es kann Ihnen nichts passieren, denn Sie werden unter Schutz stehen – Ihre Beschützer allerdings nicht sehen. Ich würde Ihnen den Nachtmarsch übers Moor auch gar nicht zumuten, wenn ich nicht volles Vertrauen in Ihre Besonnenheit und Ihren Mut hätte.«

»Na schön, wenn das so ist.« – Ganz sah Sir Henry die Notwendigkeit immer noch nicht ein. –
»Noch eins, Sir Henry, Sie müssen unbedingt, wenn Ihnen Ihr Leben lieb ist, den Fußweg nehmen, der von Merripit House zur Straße nach Grimpen führt. Es ist ja übrigens auch der kürzeste Weg zum Schloß.«
»Ich werde genau tun, was Sie sagen, Mr. Holmes.«
»Schön. – Jetzt lassen Sie uns frühstücken, damit wir aufbrechen können. Wir müssen schon am frühen Nachmittag in London sein.«
Ich war einigermaßen erstaunt über Holmes' Anordnungen. Daß er gleich wieder nach London wollte, wußte ich. Das hatte er ja gestern abend Stapleton gesagt. Aber warum mußte ich mit? Ausgerechnet jetzt, im kritischsten Zeitpunkt. Das kam mir wirklich vor wie Fahnenflucht. Ich konnte Sir Henrys Verärgerung gut verstehen.
Doch was sollte ich machen? Aus Erfahrung wußte ich, daß es in solchen Fällen besser war, sich Sherlock Holmes' Anordnungen zu fügen. Er hatte sicher seine guten Gründe. Sein Fehler war nur, daß er immer so geheimnisvoll tat.
Die Fahrt nach Coombe Tracey zum Bahnhof zog sich, fiel doch der Reiz der Neuheit weg, den der Weg beim ersten Mal gehabt hatte. Am Bahnhof erwartete uns Sherlock Holmes' Helfer aus dem Moor.
Er fragte: »Haben Sie noch Aufträge, Sir?«
»Ja«, sagte Holmes. »Du fährst mit dem nächsten Zug nach London und schickst unter meinem Namen ein Telegramm an Sir Henry Baskerville, er möchte mir doch unbedingt mein Notizbuch, das ich vergessen habe, nachschicken.«
»Mach ich!«
»Und lauf doch bitte zur Post und frage, ob eine Nachricht für mich gekommen ist.«
Wenig später kam der Junge mit einem Telegramm zurück.
»Ah, die Antwort auf mein Telegramm von heute morgen«, sagte Holmes.
Ich las den Text mit: »eintreffe siebzehnuhrfünfundvierzig stop lestrade stop.«

»Sehr gut! Wie gut, daß Lestrade kommt. Er scheint mir von allen Beamten noch der brauchbarste zu sein. Und ich denke, daß uns seine Hilfe sehr willkommen sein wird. – Was tun wir jetzt, Watson? Ach, wir wollten doch Frau Lyons noch einen Besuch machen!«
So allmählich wurde mir der Plan meines Freundes klar. Stapleton sollte uns in London glauben. Das Telegramm mit der Bitte ums Notizbuch würde ihm den letzten Zweifel nehmen, das heißt dem Baronet, der unsere »Geschichte« dann um so überzeugender in Merripit House vertreten würde. In Wirklichkeit aber legten wir uns auf die Lauer. Der Fuchs war praktisch jetzt schon gefangen.
Bei Laura Lyons kam Sherlock Holmes ohne Umschweife zur Sache: »Ich untersuche den Tod von Sir Charles Baskerville, von dem Sie ja auch betroffen sind. Dr. Watson, mein Freund, hat Sie deswegen schon einmal befragt. Doch Ihre Auskünfte waren völlig unbefriedigend.«
»Ich wüßte nicht, daß ich ihm Wesentliches verschwiegen hätte!« – Sie sagte das ganz kühl und blickte Holmes offen an.
»Sind Sie sicher, Frau Lyons? Sie haben nicht erzählt, warum Sir Charles genau zu der Stunde und an dem Ort starb, wo Sie mit ihm verabredet waren!«
»Damit habe ich nichts zu tun! Und das habe ich auch schon Dr. Watson gesagt!«
»Dann allerdings handelt es sich um ein ganz außerordentliches Zusammentreffen. Wissen Sie, ich möchte ganz offen sein. Sir Charles starb nicht eines natürlichen Todes; er wurde ermordet. Nicht nur Sie sind in die Sache verwickelt, auch Ihr Freund Stapleton und – seine Frau!«
Laura Lyons sprang auf: »Sie lügen!« rief sie. »Er ist nicht verheiratet!«
Holmes zuckte nur verächtlich mit den Schultern: »Es steht einwandfrei fest, daß Beryl Stapleton Jack Stapletons Frau ist.«
»Beweisen Sie's!« Erregt lief Frau Lyons im Zimmer auf und ab.
»Gerne.« Holmes lächelte. »Ich war darauf gefaßt, daß Sie Beweise sehen wollen und habe vorgesorgt.« Er zog einige Papie-

re aus der Tasche. »Hier ein Foto, aufgenommen in York. Auf der Rückseite steht: ›Herzliche Grüße, Ihre Vandeleurs.‹ Aber Sie werden die beiden ohne Mühe erkennen. Und hier habe ich noch eine Beschreibung der Besitzer der Privatschule St. Oliver. Der Name ist übrigens wieder Vandeleur.«
Sie riß ihm die Dokumente fast aus der Hand. Lange stand sie da und starrte auf das Foto. Dann ließ sie sich in den Sessel fallen, das Bild entglitt ihrer Hand. Blicklos starrte sie vor sich hin, dicke Tränen rollten ihr über die Wangen.
Wir achteten ihren Schmerz. Schließlich räusperte sich Sherlock Holmes. Sie wischte die Tränen fort, schluckte und begann leise, fast wie zu sich selbst, zu sprechen: »Ich habe ihn geliebt. Wir wollten heiraten, sobald ich frei wäre. So hat er mich also die ganze Zeit belogen. Ein Werkzeug war ich für ihn. Muß ich ihm da die Treue halten, die ich geschworen? Nein, und abermals nein!«
Und dann lauter, an Holmes gewandt: »Fragen Sie, ich will nichts mehr verschweigen. Eins aber zuvor: Als ich jenen Brief an Sir Charles schrieb, dachte ich mit keinem Gedanken daran, diesem großzügigen alten Herrn irgendein Leid zuzufügen!«
»Das brauchen Sie mir nicht zu versichern, Frau Lyons, das weiß ich!« antwortete Sherlock Holmes. »Es wäre sicher zu schmerzlich für Sie, alles von Anfang an zu erzählen. Lassen Sie mich die wesentlichen Punkte aufzählen und berichtigen Sie mich, wenn es nötig ist.
Es war Stapleton, der Ihnen vorschlug, Sir Charles zu schreiben.«
»Er diktierte mir den Brief.«
»Und es war sicher auch seine Idee, Sir Charles um ein Darlehen zu bitten, mit dem Sie die Kosten der Scheidung bestreiten konnten.«
»Ganz recht – und die Forderung meines Mannes erfüllen.«
»Als der Brief dann abgeschickt war, riet er vom Treffen ab.«
»Er meinte, sein Stolz lasse nicht zu, daß ich einen Außenstehenden um Hilfe bäte. Er sei zwar arm, aber er wolle den letzten Schilling hergeben, um die Hindernisse, die zwischen uns stünden, zu beseitigen.«

»Ein äußerst zielbewußter Bursche. – Und als nächstes lasen Sie dann von Sir Charles' Tod in der Zeitung.«
»Ja, so war's.«
»Stapleton bat Sie, die Verabredung mit Sir Charles für sich zu behalten.«
»Er meinte, Sir Charles sei unter recht seltsamen Umständen ums Leben gekommen. Wenn die Verabredung bekannt würde, könnte ich verdächtigt werden. Er machte mir ziemlich Angst.«
»Haben Sie wirklich alles so gutgläubig hingenommen, Frau Lyons? Sie müssen sich doch Gedanken gemacht haben!«
Sie zögerte etwas, dann sagte sie: »Gewiß. Aber ich liebte ihn, und er hatte mir sein Wort gegeben. Hätte er mich nicht belogen, Sie hätten kein Sterbenswörtchen von mir erfahren!«
»Frau Lyons, es ist ein wahres Wunder, daß Sie ungeschoren davongekommen sind. Sie hatten Stapleton in der Hand, und er wußte das. Trotzdem leben Sie noch. Ich glaube, es war Ihre Liebe, die Sie beschützt hat. – Sie sind, ohne es zu wissen, monatelang am Rand eines tiefen Abgrunds entlanggegangen. Sie können von Glück sagen, daß er Sie nicht verschlungen hat. – Wir müssen jetzt gehen. Ich danke Ihnen, daß Sie so offen waren.«
Wir verließen eine sehr nachdenkliche Laura Lyons. Am Bahnhof dann, als wir auf den Zug aus London warteten, sagte Holmes: »Die Geschichte ist jetzt bis in die letzten Einzelheiten klar. Nur noch der Schluß, die Überführung des Verbrechers fehlt. Er ist wirklich ein außergewöhnlicher Schurke. Ich wüßte keinen Parallelfall, es sei denn die Geschichte Anno 1866 in Grodnow in Rußland oder das Anderson-Verbrechen in Carolina. Aber es gibt da in unserem Fall einige Details, die wirklich einzigartig sind. Selbst jetzt fehlt uns noch der letzte Beweis. Doch es sollte mich sehr wundern, wenn wir ihn nicht spätestens heute abend in den Händen hielten.«
In diesem Augenblick rollte der Zug heran und hielt mit Kreischen. Aus einem Erster-Klasse-Abteil sprang Lestrade, ein mittelgroßer, untersetzter Mann mit dem Gesicht einer Bulldogge. Er schüttelte uns mit Nachdruck die Hand. Schon an dieser

Begrüßung merkte man, daß er Sherlock Holmes inzwischen mit ganz anderen Augen ansah als damals, da wir ihn kennengelernt hatten. Ich erinnerte mich noch gut, wie sehr er, der ›Mann der Praxis‹, geglaubt hatte, über die Theorien des ›Mannes des Geistes‹ spotten zu müssen.
»Was Gescheites im Busch?« fragte er.
»Die größte Sache seit Jahren«, antwortete Holmes. »Noch zwei Stunden, bis es losgeht. Am besten essen wir etwas. Und dann, Lestrade, dann, dürfen Sie den Londoner Nebel aus der Lunge pusten und sie mit der reinen Nachtluft von Dartmoor füllen. Sie waren noch nie hier? Na, diesen ersten Besuch werden Sie nie vergessen, das verspreche ich Ihnen!«

Der höllische Hund

Zu Sherlock Holmes' Fehlern, wenn man überhaupt von Fehlern sprechen will, gehört, daß er äußerst ungern über seine Pläne spricht. Um offen zu sein, er sagt so gut wie nie, welchen Zweck er mit seinen Maßnahmen verfolgt. Zum Teil mag das damit zusammenhängen, daß er sich allen anderen überlegen fühlt und so meint, es sei gar nicht nötig, Gründe für sein Tun anzugeben. Hinzu kommt eine übergroße Vorsicht. Solange er allein die Pläne im Kopf hat, kann ihm niemand dazwischenpfuschen. Seine Mitstreiter stellt er damit allerdings jedesmal auf eine harte Geduldsprobe. Auch heute wieder. Da saßen wir in der Kutsche und rollten durch die Finsternis. Das einzige, was wir wußten, war, daß wir in den nächsten Stunden Stapleton endgültig überführen wollten.

Unsere Unterhaltung mußte sich auf Belanglosigkeiten beschränken, denn der Kutscher auf dem Bock des Mietwagens konnte jedes Wort mithören. Die Luft roch modrig und feucht; demnach mußten wir inzwischen das Moor erreicht haben. Schließlich erkannte ich im Vorüberfahren Franklands Haus.

Als wir das Schloß erreicht hatten, ließ Sherlock Holmes noch vor dem Tor halten und entlohnte den Kutscher. Weiter ging es nach Merripit House, zu Fuß über den Moorpfad.

»Sind Sie bewaffnet?« fragte Holmes Lestrade. Der antwortete mit einem Lächeln in der Stimme: »Solange ich meine Hosen anhabe, hängt am Gürtel auch die Revolvertasche mit dem Revolver drin.«

»Sehr gut. Auch wir sind bewaffnet.«
»Sie sind mal wieder reichlich wortkarg, Mr. Holmes. Mich würde schon interessieren, was hier gespielt wird?«
»Ein Geduldsspiel.«
Lestrade brummte etwas, was ich nicht verstand. Dann sagte er etwas lauter: »Keine sehr angenehme Gegend, wie mir scheint. Was ist denn das für ein Haus da vor uns?«
»Das sind schon die Lichter von Merripit House, wo wir hin wollen. Bitte verhalten Sie sich jetzt möglichst ruhig, damit man uns nicht hört.«
Leise schlichen wir auf dem Pfad weiter, bis etwa zweihundert Meter vor dem Haus Sherlock Holmes Halt gebot.
»Das reicht«, sagte er. »Weiter brauchen wir nicht zu gehen. Da, rechts zwischen den Felsen können wir uns gut verstecken und trotzdem das Gelände einsehen. Jetzt heißt es warten. Watson, Sie waren doch schon einmal im Haus? Zu welchem Raum gehören die vergitterten Fenster im Erdgeschoß?«
»Das sind, so viel ich weiß, die Küchenfenster.«
»Und das hell erleuchtete Fenster daneben?«
»Da müßte das Speisezimmer liegen.«
»Die Vorhänge sind nicht zugezogen. Sie kennen sich hier am besten aus. Schauen Sie doch einmal nach, was drinnen los ist. Aber lassen Sie sich dabei ja nicht sehen!«
Ich arbeitete mich vorsichtig bis zu einer Stelle vor, wo ich im Schutz einiger Büsche ungehindert ins Zimmer schauen konnte. Nur Sir Henry und Stapleton saßen am Tisch. Sie rauchten und hatten Kaffeetassen vor sich. Die Weingläser waren leer. Stapleton redete lebhaft auf den Baronet ein. Der aber schien zerstreut und nicht ganz bei der Sache. Dachte er an Beryl oder an den Rückmarsch über das Moor?
Nach einem Weilchen stand Stapleton auf und verließ das Zimmer. Sir Henry griff nach der Weinflasche, schenkte sich das Glas voll, lehnte sich bequem in den Sessel zurück und entlockte seiner Zigarre dicke Wolken. Eine Tür knarrte. Schritte knirschten auf dem Kies und näherten sich meinem Versteck. Schnell schlüpfte ich in den Schutz der Mauer, die den Obstgarten umgab. Gerade noch rechtzeitig. Stapleton ging an den

Büschen, hinter denen ich gesteckt hatte, vorbei zu einem Schuppen, schloß auf und verschwand darin. Dann war es ein paar Minuten still. Schließlich klirrte eine Kette, die Tür des Schuppens öffnete sich. Stapleton trat heraus, schloß sorgfältig ab und ging zurück ins Haus. Ich wartete noch, bis er wieder am Tisch bei Sir Henry erschien, und zog mich dann vorsichtig zurück.

»Und wo war Beryl?« fragte Holmes, als ich meinen Bericht beendet hatte.

»Keine Ahnung. Ich habe sie nicht gesehen. Auch standen nur zwei Gläser und zwei Tassen auf dem Tisch.«

»Sie muß aber da sein. Allerdings brennt, so weit man sehen kann, nirgendwo sonst Licht.«

Einmal ein Rätsel, das auch Sherlock Holmes nicht lösen kann, dachte ich bei mir.

Schon als wir nach Merripit House marschiert waren, hatte dichter weißer Nebel über dem Grimpener Moor gelegen. Jetzt geriet er in Bewegung, kroch langsam auf uns zu. Inzwischen war auch eine schmale Mondsichel am Himmel emporgestiegen. In ihrem ungewissen Licht schien die flache Nebelbank wie eine große Eisfläche, aus der wie gestrandete Schiffe die bizarren Granitfelsen der Hügelkuppen aufragten.

Holmes' Blick wechselte immer wieder zwischen dem Haus und dem weißen Ungeheuer, das näher und näher kroch.

»Zu dumm«, sagte er, »damit konnte ich nicht rechnen.«

»Macht denn der Nebel etwas aus?« fragte ich.

»Er kann alles zunichte machen. Ich hoffe nur, Sir Henry geht bald. Wie spät haben wir es denn? Schon zehn Uhr! Bleibt er noch sehr lange, dann verdeckt der Nebel den Weg, und die Sache könnte übel für ihn ausgehen – und uns der Fuchs erneut durch die Lappen schlüpfen.«

Am Nachthimmel zeigte sich kein Wölkchen. Die Sterne funkelten hell. Es war kalt. Wahrscheinlich würde es Frost geben. Vor uns lag als dunkle Masse Merripit House. Kamin und Giebel zeichneten sich scharf gegen den wie mit silbrigem Flitter bestreuten Nachthimmel ab. Das Licht, das aus den Fenstern fiel, legte breite, goldene Bahnen in die Finsternis. Eine

davon verschwand. Der Diener mußte die Küche verlassen haben. Aber das Speisezimmerfenster blieb hell. Noch saßen und plauderten dort, umwölkt von Zigarrenrauch, der auf Mord sinnende Gastgeber und sein nichtsahnender Gast.
Immer näher kroch die Nebelbank. Schon faßten die ersten Ausläufer nach dem goldenen Viereck des Fensters. Den Obstgarten hatte die weiße Watte bereits verschluckt. Jetzt griffen die Nebelschwaden ums Haus herum, vereinigten sich, so daß nur noch Dach und Oberstock auf dem weißen Meer schwammen. Holmes verzweifelte schier. War's ein Fluch, den er zwischen den Zähnen zerknirschte?
»Wenn er nicht binnen fünfzehn Minuten draußen ist, ist vom Weg nichts mehr zu sehen, und wir stecken auch mitten im Nebel.«
»Sollen wir nicht ein paar Schritte zurückgehen?« schlug ich vor. »Hinter uns steigt der Boden an.«
»Ja, das ist eine gute Idee. – Wenn er doch endlich ginge!«
Wir verlegten also unseren Standort und waren nun etwa fünfhundert Meter vom Haus entfernt. Doch die weiße Masse folgte uns. Unerbittlich kroch sie Meter für Meter näher.
»Wir dürfen uns nicht zu weit entfernen«, sagte Holmes. »Sir Henry wird sonst eingeholt, bevor er bei uns ist und wir ihm helfen können. Kommt er denn noch immer nicht?«
Er kniete nieder, preßte das Ohr an die Erde. »Gott sei Dank! Ich höre etwas. Das muß er sein!«
Wenig später hörten wir Schritte. Gespannt starrten wir auf den Nebelsee. Und dann tauchte auch schon Sir Henry daraus auf. Überrascht blieb er stehen, blickte um sich, schaute auf die Sterne über der Moorlandschaft. Dann setzte er sich erneut in Bewegung und marschierte energisch weiter, an uns vorbei, wobei er sich immer wieder umsah. Offensichtlich war ihm nicht ganz geheuer.
»Horcht!« Zischte Holmes. »Er kommt!«
Ein deutliches Knacken verriet, daß er den Hahn seines Revolvers gespannt hatte. Aus dem Nebel hörte man Kratzen und Hecheln. Wir starrten gespannt auf die weiße Masse, die nur noch etwa zwanzig Meter von uns entfernt war. Was würde

sie ausspucken? Ich warf einen Blick auf Holmes, der neben mir kauerte. Seine Augen funkelten im Jagdeifer. Doch plötzlich öffneten sie sich in maßlosem Staunen. Sein Mund klaffte, als ob gleich ein Schrei hervorbrechen wollte. Doch es war Lestrade, der schrie und darauf den Kopf in den Armen barg. Ich sprang auf, umklammerte mit beiden Händen den Revolver. Aber ich konnte nicht schießen. Wie gelähmt war ich von dem Anblick des entsetzlichen Geschöpfes, das da aus dem Nebel aufgetaucht war und nun in riesigen Sätzen hinter Sir Henry herhetzte. Ein Hund war's, ein riesiger kohlpechrabenschwarzer Hund, wie ich ihn noch nie gesehen hatte. Feuer brach aus seinem weit offenen Maul, die Augen glühten, von Lefzen, Nackenhaaren und der Wamme züngelten Flammen. Es war ein Geschöpf wie aus den Fieberträumen eines Wahnsinnigen.
Die Nase dicht am Boden folgte die Bestie der Spur des Baronets. Schon war sie an uns vorbei. Da ermannten wir uns endlich und feuerten. Ein Aufheulen bewies, daß einer getroffen hatte. Aber die Bestie stürmte weiter, näherte sich beängstigend schnell Sir Henry, der die Hände in Abwehr halb erhoben wie angewurzelt auf dem Weg stand und auf das Verderben starrte, das sich ihm unaufhaltsam in Riesensprüngen näherte.
»Lauf!« schrie Holmes, wobei nicht klar war, ob er mich oder Sir Henry meinte. Doch wer zuerst loslief, das war er.
Niemals habe ich einen Menschen schneller rennen sehen als Sherlock Holmes in jenem entscheidenden Augenblick. Ich bin gewiß auch nicht langsam, aber ich blieb weit hinter meinem Freund zurück, und noch viel weiter hinten folgte Lestrade. Sir Henry hatte inzwischen die Sprache wieder gefunden. Seine Schreie mischten sich mit dem hetzenden Bellen des Hundes. Jetzt hatte dieser den Baronet erreicht, sprang ihn an, warf ihn zu Boden. Im selben Augenblick aber war auch Sherlock Holmes dicht genug herangekommen, um ohne Gefahr für Sir Henry schießen zu können. Fünfmal bellte sein Revolver. Mit einem letzten Heulen und wild um sich schnappend brach die Bestie zusammen. Sie rollte auf die Seite und streckte zuckend alle viere von sich. Dann war auch ich keuchend herangekom-

men und hielt meinen Revolver an den feuerumlohten Kopf. Aber ich brauchte nicht mehr abzudrücken.
Aber was war mit Sir Henry? Er lag da und rührte sich nicht. War auch er tot? Ich kniete nieder, kontrollierte Atmung und Puls. Gott sei Dank, er war nur ohnmächtig. Ich öffnete seinen Hemdkragen. Dann nahm ich, so gut es ging, eine eingehendere Untersuchung vor. Sie ergab, daß er abgesehen von einigen Kratzern und Schürfwunden, die er sich wohl beim Sturz zugezogen hatte, unversehrt geblieben war. Bald regte er sich wieder, die Augenlider hoben sich, zuckten; er versuchte sich aufzusetzen. Lestrade schob ihm die Whiskyflasche zwischen die Zähne. Sir Henry schluckte, hustete und kam wieder ganz zu sich.
»Wo bin ich? Was ist passiert?« Die Worte kamen stockend.
»Sie sind in Sicherheit, Sir Henry«, sagte Holmes mit Nachdruck. »Es ist alles vorbei!«
Darauf der Baronet: »Was war das? Was um Himmels willen kam hinter mir her?«
»Was auch immer es war, es ist tot«, beruhigte ihn Sherlock Holmes. »Mit dem Familiengespenst ist es ein für allemal aus!«
Ich nahm die Bestie etwas näher in Augenschein. Sie war wirklich außergewöhnlich groß, eine Kreuzung zwischen Bluthund und Dogge, zottig und dürr, aber ungemein kräftig. Noch immer umgaben feurige Ringe die Augen und troff Feuer von den Lefzen. Ich zog die Kiefer auseinander: Was für ein fürchterliches Gebiß. Als ich die Hände wieder wegnahm, leuchteten auch sie in grünlichem Feuer.
»Phosphor!« rief ich.
»Ja, eine Leuchtmasse – und zwar eine sehr geschickt gemixte«, sagte Holmes. »Sie ist geruchlos und konnte so den Geruchssinn des Tieres nicht beeinträchtigen. – Ich hatte zwar mit einem Hund gerechnet, aber nie mit einer so schauerlich zurechtgemachten Bestie. Ich muß mich bei Ihnen, Sir Henry, entschuldigen, daß ich Sie einem solchen Schock ausgesetzt habe. Aber das konnte ich wirklich nicht ahnen. Hinzu kam, daß der Nebel den Weg verdeckte, so blieb uns kaum Zeit zum Eingreifen.«

»Sie haben mir das Leben gerettet!«
»Ja, nachdem ich es erst in Gefahr gebracht habe. – Geht es Ihnen jetzt wieder besser?«
»Vielleicht noch einen Schluck Whisky, dann bin ich wieder auf den Beinen.«
»Bäume werden Sie heute keine mehr ausreißen. Auf jeden Fall bleiben Sie jetzt hier, bis wir Sie ins Schloß schaffen können. Lestrade bleibt bei Ihnen. Watson und ich kümmern uns um den Herrn des Hundes. Bis gleich!«
Während wir uns auf dem Pfad nach Merripit House vorwärts tasteten, meinte Holmes: »Kaum anzunehmen, daß wir Stapleton noch antreffen. Er muß die Schüsse gehört haben, weiß also, daß sein Spiel aus ist.«
»Vielleicht hat der Nebel den Lärm verschluckt«, entgegnete ich.
»Nein, nein! Stapleton muß dicht hinter dem Hund gewesen sein, um eingreifen zu können, falls irgend etwas schiefging. Nein, er ist längst über alle Berge. Es ist eigentlich nur Routine, wenn ich das Haus durchsuchen möchte.«
Die Haustür stand weit offen. Im Flur begegneten wir einem sehr erstaunten Diener. Es war der Alte, Anthony hatte Stapleton ihn gerufen, dem ich bei meinem ersten Besuch begegnet war. Wir durchsuchten gründlich alle Zimmer, doch ohne Erfolg, nirgends eine Spur von Stapleton. Ein Zimmer war verschlossen. Ich horchte an der Tür.
»Da ist jemand!« rief ich. »Da drin bewegt sich etwas. Aufmachen, oder wir brechen die Tür auf!«
Die Antwort war ein Stöhnen. Wir warfen uns einmal, zweimal gegen die Tür, dann flog sie mit lautem Krachen auf. Mit dem Revolver in der Hand stürmten wir hinein und standen – vor einer wohlverschnürten Beryl Stapleton. Sie lag auf einem Sofa, die Beine zusammengebunden, die Arme auf dem Rükken verschnürt und dann noch an die Füße geknüpft. Am Schreien hinderte sie ein Knebel.
Angstvoll folgten uns ihre Blicke. Holmes zog sein Messer und schnitt die Stricke durch, während ich den Knebel löste.
»Ist er gerettet, ist er in Sicherheit?« stieß sie hervor.

»Er kann uns nicht entkommen«, entgegnete Sherlock Holmes.
»Nein, nein, ich meine doch Sir Henry!« rief sie. »Ist ihm etwas passiert?«
»Er lebt.«
»Und der Hund?«
»Der ist mausetot!«
»Dem Himmel sei Dank!« flüsterte sie mit einem tiefen Seufzer der Erleichterung. Sie streckte sich, massierte Hand- und Fußgelenke, um die Blutzirkulation wieder in Gang zu bringen.
»Oh, welche Angst habe ich ausgestanden«, fuhr sie schließlich fort. »Können Sie sich vorstellen, wie das ist, untätig zusehen zu müssen, wenn kaltblütig ein Mord arrangiert wird. Oh, wie habe ich ihn gehaßt und war doch ganz in seiner Gewalt.«
»Wissen Sie, wohin er geflohen sein könnte?« fragte Holmes.
»Es gibt nur einen Platz, eine alte Hütte auf einem Fleckchen festen Bodens mitten im Grimpener Moor.«
»Er kann bei diesem Nebel unmöglich dort hinfinden! Schauen Sie doch einmal aus dem Fenster.«
»Ha, ha«, lachte sie in wilder Freude. »Dann mag er seinen gerechten Lohn finden und das Moor ihn verschlingen. Denn versuchen wird er, auf die Insel zu gelangen, hat er doch dort alles zur Flucht bereitgelegt.«
Nun, an eine Verfolgung war unter diesen Umständen nicht zu denken. So quartierte sich schließlich Holmes als Wache in Merripit House ein und Lestrade und ich brachten den Baronet zurück ins Schloß. Der lange Weg gab mir Gelegenheit, Sir Henry die Augen über die Stapletons zu öffnen. Ich muß sagen, er trug's mit erstaunlicher Fassung, als er erkennen mußte, daß er seine Liebe an das Weib eines Mörders verschwendet hatte. – Die Aufregungen des Abends waren aber wohl doch für ihn zuviel gewesen, denn am nächsten Morgen mußten wir Dr. Mortimer an sein Bett holen. Er konstatierte ein schweres Nervenfieber.

Sherlock Holmes zieht Bilanz

Der Schluß dieser unglaublichen Geschichte ist schnell erzählt. Sobald am nächsten Morgen die Sonne den Nebel vertrieben hatte, ließen wir uns von Beryl Stapleton zum geheimen Moorpfad führen. Sie brachte uns bis zum letzten Zipfelchen festen Bodens, der Spitze einer Halbinsel, die tief ins Moor ragte. Von dort aus führten uns Ruten, die in unterschiedlichen Abständen ins Moor gesteckt waren, im Zickzack weiter. Immer wieder versanken wir knöcheltief im Morast. Zäh haftete er an den Füßen. Bei jedem Schritt schwankte der Boden. Ich empfand es immer wieder als ein kleines Wunder, daß wir unter der trügerischen Decke doch festen Tritt faßten. Ein einziges Mal stießen wir auf ein Zeichen, daß Stapleton den Weg benutzt hatte: Ein paar Meter abseits vom Wege lag auf einem Binsenpolster ein schwarzer Gegenstand. Holmes arbeitete sich vorsichtig hin, konnte aber nicht verhindern, daß er dabei bis an die Hüften im Morast versank. Ohne unsere, Lestrades und meine, vereinten Bemühungen wäre er nie wieder herausgekommen. Er hielt einen schwarzen, ziemlich abgetragenen Schuh in der Hand. Innen fand sich der Stempel: Meyers, Toronto.

»Der Fund war mir das Moorbad wert«, meinte Holmes. »Das muß der verschwundene Schuh des Baronets sein.«

»Und Stapleton hat ihn auf seiner Flucht hierher verloren oder weggeworfen.«

»So muß es gewesen sein«, bestätigte Holmes meine Vermutung.

»Damit brachte er den Hund auf Sir Henrys Fährte. Als dann der Lärm losging und die ersten Schüsse knallten, hat er offensichtlich nur an Flucht gedacht und den Schuh in der Hand behalten. So wissen wir wenigstens, daß er mindestens noch bis zu dieser Stelle gekommen ist.«

Das war aber dann schon die letzte Spur von Stapleton. Als wir endlich die Insel im Sumpf erreichten, war von ihm weder etwas zu hören noch zu sehen. Er blieb trotz genauester Untersuchung des recht überschaubaren Geländes verschwunden. – Er ist übrigens nie wieder aufgetaucht. Wir müssen daher annehmen, daß er im Moor versank und daß dieser gefühllose Mörder irgendwo tief im Grimpener Sumpf dem jüngsten Gericht entgegenschläft.

Die recht stabile Hütte auf der Insel barg viele Zeichen längerer Benutzung. Auch der Hund mußte hier untergebracht gewesen sein, denn von einem kräftigen Haken in der Mauer hing eine schwere eiserne Kette mit einem Stachelhalsband, und in der Ecke lag ein Haufen abgenagter Knochen. Damit war auch klar, woher das Geheul, das wir mehrfach gehört hatten, gekommen war. Stapleton konnte den Hund zwar am Weglaufen hindern, aber nicht am Bellen. Und wenn er ihn dann brauchte, wie vergangene Nacht, holte er ihn in den Schuppen hinter Merripit House.

Schließlich fanden wir sogar eine Büchse mit Leuchtmasse. Es war offensichtlich die, mit der Stapleton dem Hund sein entsetzliches Aussehen verschafft hatte.

Wir ließen uns auf dem kurzen braunen Gras vor der Hütte nieder und genossen die warme Oktobersonne. Schließlich durchbrach Holmes das nachdenkliche Schweigen: »Ja, Watson, wie ich schon in London feststellte: Wir haben nie einen gefährlicheren Verbrecher gejagt als den Mann, der nun hier irgendwo tief unter der braunen Fläche liegt.«

»Schade«, meinte ich, »daß man nun nie mehr erfahren wird, ob Stapleton wirklich ein Baskerville war.«

»Er war ein Baskerville, Watson. Da können Sie ganz sicher sein. Die Ähnlichkeit mit Sir Hugo war durchaus kein Zufall. Beryl Stapleton, mit der ich mich lange unterhielt, hat es mir

bestätigt. Sie erinnern sich doch sicher, daß Mortimer von drei Brüdern Baskerville sprach. Der älteste war Sir Charles. Der zweite starb unverheiratet und kinderlos durch einen Sturz vom Pferd. Der dritte, Roger, das schwarze Schaf, ging in Mittelamerika an Gelbfieber zugrunde. Was aber niemand ahnte, war, daß er dort geheiratet und einen Sohn gezeugt hatte, eben Jack Stapleton, der in Wirklichkeit wie sein Vater Roger hieß – aber wir bleiben besser beim vertrauten Namen. Jack heiratete dann in Costa Rica Beryl Garcia, unterschlug eine beträchtliche Geldsumme, die ihm anvertraut worden war, und mußte schließlich fliehen. Er ging mit seiner Frau nach England, wo er unter dem Namen Vandeleur eine Privatschule gründete. Sie hatte zunächst großen Zulauf, denn es war Stapleton gelungen, einen tüchtigen Schulmann, einen gewissen Fraser, zu engagieren. Als dieser aber bald darauf starb, ging es abwärts mit der Schule. Die Vandeleurs sahen sich genötigt, erneut die Zelte abzubrechen. Sie kamen hierher, jedoch nicht ohne erneut den Namen, diesmal in Stapleton zu ändern.
Stapleton hat sich wahrscheinlich nach seiner Familie erkundigt, bevor er hierher ging. Und da schon, oder erst als er hier war, muß er festgestellt haben, daß nur zwei Männer zwischen ihm und einem großen Vermögen standen. Vielleicht hat er noch nicht einmal gewußt, daß es außer Sir Charles noch den erbberechtigten Henry gab. Ob er damals schon daran dachte, Sir Charles zu beseitigen, weiß ich nicht. In keinem Fall führte er Gutes im Schilde, denn sonst hätte er nicht seine Frau als seine Schwester ausgegeben. Vielleicht wollte er sie als Lockvogel benutzen. Jedenfalls ließ er sich hier nieder und sorgte dafür, daß er mit allen Nachbarn, vor allem mit Sir Charles, möglichst gut bekannt wurde.
Stapleton war übrigens tatsächlich Entomologe. Ich habe mir im Britischen Museum sagen lassen, daß Vandeleur eine Autorität für Schmetterlinge sei. Es gibt sogar einen Falter, der seinen Namen trägt, weil er ihn entdeckte und als erster beschrieb. Doch das nur am Rande.
Irgendwann muß Sir Charles dann die Familiensage erwähnt haben. Und damit hatte er sein Todesurteil gesprochen. Staple-

ton wußte von Mortimer, daß der Baronet ein schwaches Herz hatte. Er hatte auch mitbekommen, wie abergläubisch Sir Charles war und wie ernst er die Familiensage nahm. Mit verbrecherischer Genialität kombinierte er daraus eine Möglichkeit, den Baronet umzubringen, ohne daß man ihm etwas nachweisen konnte.

Nachdem er erst einmal den Plan gefaßt hatte, dem Baronet einen tödlichen Schock zu versetzen, ging er eiskalt an die Ausführung. Ein normaler Verbrecher hätte sich mit einem ›normalen‹ Hund als Helfer begnügt. Stapletons verbrecherische Genialität zeigte sich darin, daß er mit Hilfe einer Leuchtmasse aus dem Hund die teuflische Geistererscheinung der Sage machte. Den Hund kaufte er bei Ross und Mangles in London in der Fulham Road. Es war der kräftigste und wildeste, den er bekommen konnte.

Auf seinen Streifzügen hatte Stapleton das Moor gründlich kennengelernt. So machte es ihm keine Mühe, einen Platz zu finden, wo niemand den Hund zu Gesicht bekam. Nun wartete der Verbrecher auf seine Chance. Mehrfach lauerte er Sir Charles vergeblich mit seinem Hund auf. Bei diesen Gelegenheiten wurde das Tier von Leuten, die spät noch unterwegs waren, gesehen, und das Gerücht vom erneuten Auftauchen der höllischen Bestie, die die Baskervilles verfolgt, verbreitete sich.

Stapleton versuchte, sein Ziel mit Hilfe seiner Frau zu erreichen. Wahrscheinlich dachte er, daß sie Sir Charles zu einem nächtlichen Spaziergang aus dem Haus locken könnte. Sie aber weigerte sich. Weder Drohungen noch Handgreiflichkeiten konnten sie gefügig machen. Stapleton war an einem toten Punkt angelangt.

Doch dann fand er in Laura Lyons das Werkzeug, das er brauchte. Am Abend, an dem sich Laura Lyons und der Baronet treffen sollten, brachte er den mit Leuchtmasse zurechtgemachten Hund zur Pforte, wo Sir Charles wartete. Er hetzte den Hund auf ihn. Sir Charles floh kopflos in die Eibenallee, weg vom Haus. Es muß wirklich ein Bild wie aus einem Alptraum gewesen sein: Der dunkle Tunnel der Allee, darin schreiend und rennend der alte Mann und ihm auf den Fersen die flammende, geifernde Bestie. Sie lief auf dem Rasen, so daß tatsächlich keine Spuren zurückblieben beziehungsweise nur dort, wo Sir Charles zusammengebrochen war. Ich nehme an, der Hund wurde von Stapleton zurückgerufen, bevor er beim zusammengebrochenen Baronet war. Und dabei hinterließ er jene Spur, die letzten Endes uns in den Fall hineinbrachte.

Das Teuflische an diesem Mord war, daß niemand ihn Stapleton nachweisen konnte. Er hatte sich einen Komplizen ausgesucht, der ihn nie und nimmer verraten konnte. Sein Plan war so verrückt, so unglaublich, daß er einfach wirken mußte! Beide Frauen, Beryl und Laura Lyons, ahnten, daß Stapleton die Hand im Spiel gehabt hatte. Beryl wußte, daß ihr Mann Pläne gegen den alten Baronet geschmiedet hatte und daß es einen Hund gab. Frau Lyons mußte nachdenklich werden, als Sir Charles zur Stunde und am Ort des vereinbarten Treffens starb, eines Treffens, von dem nur sie und Jack Stapleton wußten. Sein Einfluß auf Laura Lyons und Beryl muß sehr stark gewesen sein, mindestens so stark, daß er nichts zu befürchten hatte.

Ein Hindernis auf dem Weg zu seinem Ziel hatte er glücklich weggeräumt. Aber noch ein zweites, weit schwierigeres blieb zu überwinden. Es mag sein, daß Stapleton von der Existenz eines Erben in Kanada keine Ahnung hatte. Doch ist das eine unwichtige Frage, weil er jedenfalls sehr bald von Dr. Mortimer alles über Sir Henry erfuhr. Stapleton mag überlegt haben, den jungen Mann gar nicht erst nach Devonshire gelangen zu lassen, sondern sich gleich in London seiner zu entledigen. Er ging nach London, nahm aber seine Frau mit. Er mißtraute ihr, seit sie sich geweigert hatte, dem alten Baronet eine Falle zu stellen.

In London bezogen die beiden Zimmer in der Pension Mexborough in der Craven Street. Während er Sir Henry beobachtete, schloß er Beryl in ihr Zimmer ein. Sie ahnte, was er vorhatte. Aber sie wagte nicht, zu Sir Henry zu gehen und ihn zu warnen. So verfiel sie auf den Ausweg, ihm zu schreiben, und den Text setzte sie aus Zeitungszeilen und -worten zusammen. Die Adresse schrieb sie mit verstellter Hand. So konnten weder ihr Mann noch Sir Henry den Absender identifizieren. Der Brief erreichte den Baronet und gab ihm die erste Andeutung einer Gefahr.

Stapleton mußte sich irgendeinen persönlichen Gegenstand des jungen Baronets verschaffen, wenn er den Hund einsetzen wollte. An einem Schuh Sir Henrys beispielsweise konnte er das Tier Witterung aufnehmen lassen. Stapleton beschaffte sich ihn mit seiner charakteristischen Zielstrebigkeit. Dabei muß ihm das Hotelpersonal geholfen haben. Dummerweise war der erste Schuh neu und infolgedessen für seine Zwecke unbrauchbar. So tauchte der wieder auf, und ein alter Schuh verschwand. – Das war eine sehr aufschlußreiche Panne. Damit hatte ich den Beweis, daß der Hund in der Geschichte kein Geisterhund sein konnte, weil für einen solchen weder getragene noch ungetragene Schuhe nötig sind, um einer Spur zu folgen.

So zeigte sich einmal mehr, daß man gerade den völlig unsinnigen Ereignissen besondere Aufmerksamkeit schenken muß. Auch wenn sie scheinbar überhaupt nicht in die Geschichte hineingehören. Oft kann gerade das, was einen verwickelten Fall noch komplizierter macht, den ersten Anhaltspunkt zur Aufklärung liefern, wenn man Verstand und Logik einsetzt.

Ich vermute übrigens sehr, daß sich Stapletons kriminelle Karriere nicht auf den Fall Baskerville beschränkte. Es gab hier in der weiteren Umgebung in den letzten drei Jahren vier sensationelle Einbrüche. Der oder die Täter wurden nie gefaßt. Der letzte Einbruch ereignete sich im Mai bei Folkestone Court. Der maskierte Eindringling machte kaltblütig von seiner Pistole Gebrauch, als er von einem Diener überrascht wurde. Wahrscheinlich hat sich Stapleton, der ja ohne jegliche Einkünfte war, auf diese Weise das nötige Geld zum Leben verschafft.

Eine Probe seiner Fähigkeiten gab er uns an jenem Tag in London, als er uns in der Kutsche entwischte und sich dann noch für Sherlock Holmes ausgab. Von da an wußte er, daß ich mich des Falles angenommen hatte. Damit waren seine

Chancen, noch in London zum Ziel zu kommen, gleich Null. So ging er nach Dartmoor zurück und wartete, bis der Baron ebenfalls dahin kam.«

»Das ist alles klar«, unterbrach ich ihn. »Aber was machte er mit dem Hund, solange er in London war?«

»Sie haben recht, das ist ein wichtiger Punkt. Stapleton muß einen Helfer gehabt haben. Allerdings wird er ihn kaum allzusehr ins Vertrauen gezogen haben. Das war ja weder nötig noch ratsam. Ich denke, daß der alte Diener Anthony – wir sind ihm gestern abend im Flur des Hauses begegnet – dieser Mitwisser war. Er war schon bei den Stapletons, als sie noch ihre Privatschule hatten. Er wußte also mindestens, daß Jack und Beryl nicht Bruder und Schwester, sondern Mann und Frau waren. Dieser Anthony hat sich übrigens irgendwann in der vergangenen Nacht aus dem Staub gemacht, wenn ich die Anzeichen richtig deute.

Der Name Anthony ist in England nicht gerade verbreitet. Mir fiel auf, daß er ebenso wie Beryl sehr gut Englisch sprach, allerdings mit deutlichem Akzent. Vielleicht kam er ebenfalls aus Costa Rica. Übrigens sah ich ihn zwei- oder dreimal auf dem markierten Pfad zur Insel gehen, wahrscheinlich um den Hund zu füttern. Was aber nicht heißt, daß er wußte, wozu Stapleton den Hund brauchte.

Doch zurück zu den Ereignissen. Die Stapletons waren wieder in Devonshire. Sie und der Baron fanden sich ebenfalls auf diesem Schauplatz ein. Und ich – lassen Sie mich überlegen, wie weit ich zu jenem Zeitpunkt gediehen war. Ach ja, richtig, jetzt weiß ich's wieder. Erinnern Sie sich noch, daß ich den Warnbrief, den Sir Henry im Hotel erhielt, prüfte, ob das Papier ein Wasserzeichen hätte? Bei dieser Gelegenheit fiel mir ein schwacher Hauch von Jasminduft auf. Also wußte ich, daß eine Frau den Brief geschrieben haben mußte. –

Es stand also schon zu diesem Zeitpunkt fest, daß außer einem realen Hund auch eine Frau im Spiel war. Und das lenkte meinen Verdacht auf die Stapletons.

Wie aber konnte ich ihnen auf den Zahn fühlen? Sicher nicht, wenn ich mit hierher aufs Schloß ging. Dessen Bewohner genossen natürlich die besondere Aufmerksamkeit Stapletons. So täuschte ich alle Beteiligten, auch Sie, mein lieber Watson. Das heißt, ich ließ Sie glauben, ich sei in London. In Wirklichkeit aber war ich auf meinem Beobachtungsposten im Moor.

So schrecklich ungemütlich, wie Sie meinten, war er übrigens gar nicht. Vor allem dürfen derartige Lappalien einen Detektiv nicht davon abhalten, Verbrechern und Verbrechen auf der Spur zu bleiben.

Den Jungen hatte ich mir übrigens aus London mitgebracht. In seiner Verkleidung als Bauernbursche war er mir äußerst nützlich. Er versorgte mich mit Wäsche und Proviant. Wenn ich Stapleton beobachtete, kümmerte sich der Junge um Sie, Watson. So hatte ich stets alle Fäden in der Hand.

Ihre Berichte halfen mir sehr. Als besonders aufschlußreich erwies sich, was Ihnen Stapleton über seine Vergangenheit erzählt hatte. So konnte ich ohne große Mühe die Identität und Geschichte der beiden feststellen.

Der entflohene Sträfling komplizierte den Fall. Vor allem durch seine Verbindung mit den Barrymores. Aber diese Sache haben Sie ja glänzend aufgeklärt.

Als Sie mich in der Moorhütte aufstöberten, hatte ich zwar den Fall gelöst, aber keinerlei Beweis, der vor Gericht Bestand gehabt hätte. Noch nicht einmal der Mordversuch, der Sir Henry galt und dem dann der Sträfling zum Opfer fiel, erlaubte uns, Stapleton als Mörder festzunageln. Wir mußten ihn auf frischer Tat ertappen. Und dazu brauchten wir Sir Henry, einen anscheinend schutzlosen Sir Henry. Unser Plan hatte Erfolg. Stapleton fand den Tod. Der Preis allerdings ist ein schwerer Schock Sir Henrys.

Man mag mir vorwerfen – vielleicht sogar mit Recht –, daß ich Sir Henry nie solcher Gefahr hätte aussetzen dürfen, mit anderen Worten, daß ich die Situation falsch eingeschätzt habe. Aber war das Drama, das sich dann gestern abend entwickelte, vorherzusehen? Ich sage nein! Und genausowenig konnte ich den Nebel ahnen. Ich kann nur hoffen, daß Sir Henrys Nervenfieber ohne Dauerfolgen bleibt. Sonst hätten wir unseren Erfolg wahrlich teuer erkauft.

Allerdings eine seelische Wunde wird ihm bleiben. Seine Gefühle für Beryl waren tief und echt. Um so schlimmer, daß sie ihn getäuscht hat. Auch ihr war der junge Baronet nicht gleichgültig. Aber sie hing, glaube ich, doch mehr an ihrem Mann. Ich weiß nicht, ob sie ihn geliebt oder gehaßt hat. Vielleicht beides – Liebe und Haß liegen oft nahe beieinander. In jedem Fall war sie von ihm abhängig, sonst hätte sie nicht seine Schwester gespielt. Als er dann jedoch ihre aktive Unterstützung für seine Mordpläne forderte, stieß er an die Grenzen seines Einflusses. Sie ging sogar so weit, Sir Henry zu warnen. Und das nicht nur einmal, wobei sie ängstlich bemüht war, keinen Verdacht auf ihren Mann fallenzulassen.

Stapleton scheint sehr eifersüchtig auf den Baron gewesen zu sein. Es paßte ja eigentlich in seinen Plan. Und trotzdem kam es zu jenem heftigen Ausbruch, der etwas von den Leidenschaften verriet, die in dem äußerlich so kühlen Mann tobten.

Nun, wir wissen, er faßte sich sehr schnell wieder, entschuldigte sich und machte dem Baronet sogar Hoffnung. Damit sicherte er sich häufigere Besuche Sir Henrys in Merripit House und eine Chance zum Mord. Doch als es dann soweit war, weigerte sich seine Frau mitzumachen. Sie war durch den Tod des Sträflings sowieso schon mißtrauisch. Noch mehr Verdacht schöpfte sie, als Stapleton am Abend von Sir Henrys Besuch den Hund in den Schuppen beim Haus brachte. Sie sagte ihm den geplanten Mord auf den Kopf zu. Es kam zu einer heftigen Szene, in der er ihr verriet, unabsichtlich wahrscheinlich, daß er Laura Lyons liebte. Jetzt hatte sie wirklich Grund, ihn zu verraten. Deshalb fesselte er sie und sperrte sie in die Kammer, wo wir sie dann fanden.«

»Eines ist mir noch nicht klar«, sagte ich. »Stapleton konnte doch nicht erwarten, daß sich ein junger, gesunder Mann wie Sir Henry vor einem Hund zu Tode fürchtet.«

»Die Bestie war aufs äußerste gereizt und halb verhungert. Und wenn sie ihr Opfer schon nicht durch ihren bloßen Anblick umbrachte, so lähmte er es doch und hinderte es am Widerstand. Vergessen Sie auch nicht, Stapleton war dem Hund dicht auf den Fersen.«

»Ja, allerdings. Aber noch etwas verstehe ich nicht. Angenommen, Stapleton hätte Erfolg gehabt, wie hätte er dann erklären wollen, daß er unter falschem Namen so nahe dem Tatort wohnte. Das hätte doch in jedem Fall Verdacht auf ihn lenken müssen.«
»Diese Frage kann ich nicht schlüssig beantworten, mein lieber Watson. Ich beschäftige mich mit dem, was war und was ist. Aber in die Zukunft sehen kann ich nicht. Drei Möglichkeiten gab es für Stapleton: Die Erbschaft von Mittelamerika aus zu beanspruchen, ohne persönlich in Erscheinung zu treten, oder sich eines Mittelsmannes zu bedienen, oder als dritte Möglichkeit selbst, aber in Verkleidung aufzutreten. Ich bin jedenfalls sicher, daß er einen Weg gefunden hätte, sich das Erbe auch zu verschaffen. – Verlassen wir diesen traurigen Ort, Watson. Der Fall ist gelöst. London erwartet Sie mit gutem braunem Ale und viel von Ihrer geliebten Kultur.«